綺《き》良《ら》のさくら

今井絵美子

角川春樹事務所

目次

〈主な登場人物〉

南部利直　盛岡藩初代藩主
　重直　二代目藩主
　重信　三代目藩主　彦六郎・七戸隼人正

慈徳院（松）　彦六郎の生母
仙寿院　中里数馬の生母
中里数馬　彦六郎の義弟　後の八戸直房・八戸藩初代藩主

桜木兵庫　利直の代の御側用人
　基世　兵庫の妻女
　弥兵庫　桜木家の嫡男
　弥次郎　次男　鳥越家の養嗣子となる
　綺良　長女

おとき　　桜木家の婢
多木　　綺良の婆や

鳥越助左衛門　　川奉行
　波乃　　助左衛門の妻女
　早苗　　御銅山吟味役佐久間治平衛の娘・鳥越弥次郎の妻女
鳥越弥十郎　　弥次郎と早苗の嫡男

井筒屋美郷　　呉服屋井筒屋の一人娘・綺良の親友
　瑞江　　美郷の母

七戸直時　　七戸家の当主・彦六郎の烏帽子親

最上奥（遊女勝山）　　重直の側室
お亀の方　　重直の側室
滝路　　大奥取締役
白河富津　　大奥女中

栗山大膳	福岡黒田藩の筆頭家老・黒田騒動で盛岡藩の御預人になる
方長老	対馬藩の禅僧・柳川一件で盛岡藩の御預人になる
おみよ	方長老のお端女・切支丹摘発で拷問の末、死亡
鈴木縫殿	鋳物師・甲州より盛岡に招聘され、藩お抱えとなる
竜代	縫殿の内儀
倫三	縫殿の弟子・綺良の亭主
兵助	綺良と倫三の息子・生後半年で死亡

装画　大竹彩奈
装幀　芦澤泰偉

綺良のさくら

第一章　綺良の桜

山門《さんもん》の前を掃《は》いていた華厳院《けごんいん》の寺男仁助《にすけ》は足早《あしばや》に近づく足音を耳に捉《とら》え、ハッと手を止めた。

「じゃ……、どでんしたなっす！　仁王小路《におうこうじ》の綺良《きら》さまがおでんせになったとは……。そただに急《せ》ずいて、なんじょなさった？」

仁助が驚いたように目をまじくじさせる。

綺良は仁助の傍《そば》まで小走りに寄って行くと、くくっと肩を揺らした。

「ふふっ、驚いたでしょう？　お母さまから、前触《まえぶ》れもなしにいきなり訪ねたのでは伯母《おば》さま方が驚かれる、と言われたのだけど、前もって知らせると却《かえ》って気を遣《つか》わせるのじゃないかと思い、桜木《さくらぎ》の家の者にはとっくの昔に知らせてあると嘘《うそ》を吐《つ》いて来ちゃったの……。ほら、お多木《たき》、仁助爺《じい》のこの驚きようをごらんなさいな！　ああ、いい気分だこと……」

綺良は息せき切って後を追いかけてきた婆《ばあ》やの多木を振り返ると、ちょいと肩を竦《すく》めてみせた。

多木は綺良の傍まで辿《たど》り着くと、腰を折り曲げ、はァはァと喘《あえ》いだ。

「まったく、お嬢さまときたら、手あましなんだども！　花輪村《はなわむら》に入った途端《とたん》、脇目《わきめ》も振らずにまっしぐらなはげェ……。ちょっこら五十路《いそじ》近くになった婆《ばば》の身にもなってくんなせ！」

多木はそう言うと、屈《かが》めた腰を起こし、改まったように辞儀をした。

「突然お伺《うかが》いして、申し訳ござァんせん。お嬢さまがなんしても華厳院の桜を愛《め》でてェと言い出されなんして……。だども、あたしゃ、まさか前触れもなしに、ぼっ、と（いきなり）訪ねるとは知らんかったもんで……。いえね、あたしゃ、てっきり文《ふみ》で知らせなさったとばかりに思ったべが……。ところが、道々《みちみち》、お嬢さまからぼっと訪ねて行って、彦六郎《ひころくろう》さまを驚かせるのだと聞かされ、それはもう、肝《きも》の縮むような想《おも》いでがんしてのっ……。そんな理由《わけ》だども、どうか堪忍《かんにん》してくんなせ」

「そうでがんすか……。それはおでってくんなせ（おいで下さいませ）！　ご住持《じゅうじ》もおじょめ殿（伯母）も、勿論《もちろん》、彦六郎さまも、ほんのこって（本当に）、お悦《よろこ》びでやんしょ！」

仁助は二人を山門の中に誘《いざな》うと、綺良の来訪を知らせに庫裡《くり》へと駆けて行った。

が、綺良は訪《おとな》いを入れる間も待っていられないとばかりに、急ぎ足に庫裡の脇を廻《まわ》り込み、裏庭へと入って行く。

「お嬢さま、どこさおでェるので？　ちょっこら待ちなんせ！　そんな勝手なことをしちゃならねっ」

が、綺良には多木の鳴り立てる声など耳に届かない。

一刻も早く、裏庭に植わった枝垂《しだ》れ桜を見たくて堪《たま》らないのである。

と言うのも、裏庭の枝垂れ桜は綺良が五歳のときに、彦六郎と共に手ずから植えた木なのである。

あのとき、花輪村の肝入《きもい》りの庭から移植した苗木は既に彦六郎の背丈ほどもあったので、六年経《た》った現在《いま》では、見事な花をつけているに違いない。

正《まさ》な話、昨年も一昨年も、彦六郎から枝垂れ桜を見に来るようにと文を貰《もら》っていたのである。

ところが、どういうわけか、ここ数年、綺良は桜の開花時になると決まって風邪《かぜ》を引いてしまっていた。

なんとか熱も下がり、盛岡《もりおか》から閉伊《へい》まで歩けるだけの体力が戻った頃には、桜は既に葉桜《はざくら》にと……。

だが、今年はなんとか厳しい冬を耐《た》え凌《しの》ぎ、風邪で寝込むこともなく春を迎えたのである。

それ故《ゆえ》、家人《かじん》への挨拶が済むまで待て、という多木の進言《しんげん》など柳に風……。

とにかく、一刻も早く、この目で風に戦《そよ》ぐ枝垂れ桜の様《さま》を確かめたかったのである。

遠目《とおめ》に望めば花の滝が如《ごと》し、近づきて掻《か》い潜《くぐ》れば花暖簾《はなのれん》が如し……。

昨年、彦六郎から花見に招かれたときの文には、そう書かれていた。

花の滝、花暖簾……。

なんと麗《うるわ》しき表現なのであろうか……。

綺良は病《やまい》の床で枝垂れ桜に想いを馳《は》せ、と同時に、彦六郎へと想いを馳せたのだった。

彦六郎と綺良は二歳違いである。

南部盛岡初代藩主利直《としなお》の五男彦六郎は、閉伊郡花輪村で生まれた。

母は花輪村の郷士《ごうし》、花輪内膳政朝《はなわないぜんまさとも》の娘松《まつ》である。

慶長《けいちょう》十六年（一六一一）、三陸《さんりく》地域が後に慶長大津波《おおつなみ》と呼ばれる災害に見舞われ、海岸一帯が壊滅《かいめつ》状態となり、父信直《のぶなお》から引き継ぎ不来方《こずかた》を居城にすべく着々と築城を進めていた利直が、四年後（一六一五）被害の視察のために三十日間を花輪村で過ごすことになったのだった。

このとき、利直の身の回りの世話をしたのが松で、松は利直の子（彦六郎）を身籠《みご》もることになったのである。

とは言え、利直には蒲生氏郷《がもううじさと》の養妹、於武《おたけ》という正室《せいしつ》がいて、家督《かとく》を継ぐべき三男（長男、次男は死亡）重直《しげなお》がいた。

そのため、彦六郎は閉伊氏一族の菩提寺《ぼだいじ》である華厳院で幼少期を過ごすこととなったのである。

奇《く》しくも、華厳院には綺良の母基世《もとよ》の姉芙蓉尼《ふようじに》の庵《いおり》がある。

父の桜木兵庫《ひょうご》は南部藩の御側用人《おそばようにん》で、三百石賜《たまわ》っていた。

綺良の上には弥兵庫《やひょうご》、弥次郎《やじろう》と二人の兄がいるが、綺良は末っ子で初めての女子とあり、双親《ふたおや》から目の中に入れても痛くないほどの寵愛《ちょうあい》を受け、風邪を引きやすい綺良には内地の盛岡より海辺の空気や潮風《しおかぜ》が身体《からだ》によいのではなかろうかと、それこそ綺良がまだ頑是《がんぜ》ない頃より、しばしば伯母の庵を訪ねては長逗留《ながとうりゅう》を繰《く》り返していたのである。

綺良が彦六郎の存在を意識するようになったのは、いつ頃であろうか……。

五歳の頃、共に枝垂れ桜を華厳院の裏庭に植樹した頃のようにも、もっと以前の、物心ついた頃からのようにも思えるのだった。

彦にィ……。

綺良は他の者がいないのを確かめると、いつも、彦六郎にそう呼びかけた。

伯母の芙蓉尼や婢《はしため》が傍にいると、花輪《はなわ》殿様《とのさま》にむかって、なんたる不届きを！　と叱《しか》りつけられるのが解《わか》っていたので、人目《ひとめ》を憚《はばか》らなければならなかったのである。

彦六郎は現在《いま》は飽《あ》くまでも御預人《おあずけびと》だが、行く末は御家門《ごかもん》を継ぎ、南部家を支えていく立場にあった。

とは言え、当の本人彦六郎はいたって気さくで、綺良に彦にィと呼ばれても嫌な顔ひとつ見せず、それればかりか、百姓の子とも分け隔てなく付き合い、彼らに手習を教えてみたり、食べ物を分け与えたりするのだった。

綺良はそんな彦六郎が好きで堪らない。

実の兄二人に対する想いとはまた別の想いで、憧憬《しょうけい》の目を向けていたのである。

下の兄弥次郎と綺良の年齢差は六歳だが、彦六郎とは二歳しか離れていないため、それで余計に身近に思えたのかもしれないが、思うに、帯解《おびとき》（七歳）を終えた頃より、綺良は胸の内で、彦六郎のお嫁さんになると決めていた節《ふし》が見受けられる。

が、そんなことは曖《おく》にも出さない。

出すと、身の程を弁《わきま》えろ、と叱責《しっせき》されることが解っていたし、下手《へた》をすれば、年に何度か伯母の庵に逗留するのを禁じられてしまうかもしれない。

ただ一度だけ、周囲《まわり》に誰もいないのを確かめ、彦六郎の耳許《みみもと》に囁《ささや》いたことがある。

「彦にィ、大人になったら、綺良をお嫁さんにして！」

彦六郎は驚いたように目を瞠《みは》ったが、すぐに笑《え》みを返した。

「ああ、いいよ。側室《そくしつ》ではなく、正室に迎えてやるからよ！」

「きっとだよ！」

「ああ、きっと……」

確か、綺良が八歳のときのことだったと思えるのだが、子供心にも、そのとき彦六郎が側室という言葉にどこかしら引っかかったような物言いをしたのを憶《おぼ》えている。

思うに、彦六郎は自分が正室の子ではなく、下借腹《げしやくばら》（妾《めかけ》の子）に生まれたことで、胸に忸怩《じくじ》としたものを抱えていたのかもしれない。

が、八歳の綺良に、彦六郎の胸に宿る想いのどこまでが理解できていたか……。

ただ無邪気《むじやき》に、彦六郎と約束を交わしたことが嬉《うれ》しくて堪らなかったのである。

綺良は胸を弾《はず》ませて裏庭に駆け込むと、あっと息を呑《の》んだ。

そこには、彦六郎が文で知らせてきた、花の滝が……。

淡紅白色《たんこうはくしよく》の可憐《かれん》な花が、枝垂れた枝にぽつぽつと流れ落ちるようについていて、穏やかな春風の中で、恥じらうように揺れているのである。

綺良は感嘆のあまり、身が顫《ふる》うのを感じた。

そうだ！　花暖簾……。

綺良は枝を掻き分けようと、一歩前へと歩み出た。

と、そのとき、背後から声がかかった。

「やはり、ここにいたのか！」

彦六郎の声である。

綺良が振り返ると、彦六郎は爽《さわ》やかな笑顔を返した。

「良かった、やっと綺良の桜を見に来ることが出来たのだね」

「綺良の桜？」

綺良が目をまじくじさせる。

彦六郎はふっと頬《ほお》を弛《ゆる》めた。

「ああ、そう名付けることにしたんだよ！　綺良とわ（自分）が植えた桜だなす」

綺良が慌てて周囲《まわり》を見廻《みまわ》す。

「しっ！　わなんて百姓言葉を使っちゃ駄目！　もう二度と村の子供たちに逢《あ》わせてもらえなくなっても知らないから……」

彦六郎はくすりと肩を揺らした。

「綺良のその慌てた顔！　桜木の婆やから綺良が仁助爺を驚かせて悦んでいたと聞いたものだから、ちょいと仕返しをしてやろうかと思ってさ……」

「まっ、仕返しだなんて……」

綺良が唇をへの字に曲げる。

彦六郎は改まったように、綺良に目を据えた。

「綺良、よく来たね！」

「彦にィ……」

綺良の胸に、熱いものが衝《つ》き上げてきた。


綺良が仁王小路の屋敷に戻って来たのは、一廻り《ひとまわ》（一週間）後のことである。

母の基世は迎えに出た玄関先で小言《こごと》を言っただけではまだ飽《あ》きたらないとばかりに、夕餉《ゆうげ》の席でも再び小言八百《こごとはつぴやく》に利《り》を食うような繰言《くりごと》を言い募《つの》った。

「おまえという娘《こ》には呆《あき》れ返ってしまいました……。華厳院に往訪《おうほう》の意を告げもせずにいきなり訪ねて行くとは、不作法《ぶさほう》にもほどがあります！　母はそのような礼儀知らずの娘に育てた覚えはありません。いくら、伯母と姪《めい》の間柄《あいだがら》といえども、礼儀を弁えなさい！　姉上から、いつ訪ねて来てくれても構わないが、出来れば、前もって一報《いっぽう》してほしかったと文を貰い、それで初めて、綺良が華厳院に往訪の意を伝えたというのが嘘だと判《わか》ったのですからね。何ゆえ、そのような嘘を……」

基世は芙蓉尼にというより、華厳院に気を兼ねているのである。と言うのも、芙蓉尼の庵は華厳院の一画に結んだ庵室《あんしつ》……。芙蓉尼が若くして俗世を捨て、華厳院の好意で敷地内に庵を結ばせてもらったことを知る基世には、多少なりとも華厳院に遠慮があったのではなかろうか……。

「だから、驚かせようと思って……」

綺良が鼠鳴《ねずみな》きするような声で呟《つぶや》き、上目《うわめ》に基世を窺《うかが》う。

「驚かせるですって！　ええ、ええ、それは華厳院も姉上もさぞや驚いたことでしょうよ……。けれども、そんな子供じみたことをして何になりましょう！　綺良、そなたはもう十一歳ですよ。十一にもなれば、武家の娘としての仕来《しきた》りや作法というものを身につけていて当然でしょうが！　そなたのすることで、父上や兄上の面《めん》を欠《か》くことになったらどうするつもりですか！」

「基世、もうそのくらいで止《よ》さないか！　綺良が先方の都合を訊《き》かずに訪ねたからといって、そこまで目くじらを立てることはないではないか……。しかも、訪ねたのが他人の家というわけでもなく、そなたの姉上の庵で、綺良は幼い頃より華厳院の住持や姉上に我が娘のように可愛《かわい》がられているのだからよ……。此度《こたび》の訪問も、姉上は別に迷惑がられていたわけではないのだろう？」

それまで黙って聞いていた、兵庫が割って入る。

「まさか、綺良が訪ねて行くのを姉上が迷惑がるはずがありませんわ……。わたくしが言っているのはそういうことではなく、親しき仲にも礼儀あり……。ましてや、綺良は武家の娘です。武家の娘としての嗜《たしな》みを忘れてはならないということなのですよ」

「何を戯《たわ》けたことを！　綺良はまだ十一歳だ。十一歳の娘が相手の驚く顔を見たさに茶目っ気を出したところで、それのどこがおかしかろう……。とにかく、説教はそこまでだ。さあ、夕餉を頂こうではないか！」

「おまえさまはすぐそうして、綺良に甘い顔をなさる……。解りました。けれども、綺良、二度と此度のような不作法は許しませんからね！」

「はい。申し訳ありませんでした」

綺良がぺこりと頭を下げ、向かいに坐《すわ》った弥次郎に目まじしてみせる。

弥次郎も目弾《めはじき》を返した。

よくぞ母の小言に辛抱《しんぼう》したぞ、という意味なのであろう。

が、さすがに弥次郎の隣に坐った長兄の弥兵庫は、眉ひとつ動かすことなく泰然《たいぜん》と構えていた。

婢が兵庫、弥兵庫、弥次郎、基世、綺良といった順に、各々の蝶脚膳《ちょうあしぜん》に飯椀《めしわん》や汁椀《しるわん》を配っていく。

武家の中には男と女《おな》ごは食膳《しょくぜん》を共にしない家もあるが、桜木家では家長が上座に坐り、左右に男と女ごが向かい合わせに坐ることになっている。

これは、家族はひとつという兵庫の考えから出たものだった。

この夜のお菜《さい》は、綺良が閉伊から土産《みやげ》に持ち帰った星鰈《ほしがれい》の煮付《につけ》とうるいの辛子《からし》酢味噌和《すみそあ》え……。

「今宵《こよい》、こんなに見事な星鰈を頂けるなんて、わたしはそれだけで綺良が花輪村に行った甲斐《かい》があったと思います」

弥次郎が星鰈に舌鼓《したつづみ》を打ち、にっと頬を弛める。

綺良はあっと横目に隣に坐った基世の顔を窺った。

せっかくお母さまの怒りが鎮まりかけたというのに、お兄さまったら、また蒸し返そうとするなんて……。

が、基世は平然とした顔をしていた。

どうやら、基世は母としてひと言諫言《かんげん》しておかねばと思っただけのようで、内心は、綺良が無事に戻って来てくれたことに安堵《あんど》しているようである。

すると、機転《きてん》を利《き》かせ、弥兵庫がさっと割って入った。

「星鰈も美味《うま》いが、このうるいの美味いこと！　確か、父上の好物でしたよね？」

「ああ、春はなんといっても山菜だ。こごみ、山独活《やまうど》、楤《たら》の芽、蕨《わらび》とな……。が、中でも絶品なのはうるいでよ」

兵庫が満足そうに相好《そうごう》を崩《くず》す。

「ところで、綺良。宮古湊《みやこみなと》には行ったのか？」

「はい。彦にィ、いえ、彦六郎さまに連れられて……」

「湊はどうであった？　殿が津波災害の復興計画の一つに、藩の外港として宮古湊を開港なさったが、あれから十年あまり……。現在《いま》では東回り航路の主要な湊となっていると聞いたが……」

「ええ、大きな船を何艘《なんそう》も見ました」

「これだよ、綺良は……。大きな船は艘とは言わない。隻《せき》というんだよ！」

弥次郎が鬼の首でも取ったかのような言い方をする。

綺良は悔しそうに弥次郎を睨《にら》みつけた。

が、兵庫は意に介《かい》さず続けた。

「さすがは殿だ！　先見《せんけん》の明があるというか、陸路は固《もと》より海路が重要なことに目をつけられたのだからよ……」

「先代（南部信直）もそうでしたが、利直公は南部駒《なんぶごま》（馬）の育成にも努められ、金、銀、銅、鉄といった鉱産《こうさん》同様、馬は藩の主要な産物になりましたからね」

弥兵庫がそう言うと、弥次郎も負けじと槍《やり》を入れる。

「主要産物といえば、漆《うるし》や桐、紫根《しこん》を忘れてもらっては困ります。それに、鷹や鶴……。なんと言っても、南部藩の家紋は向かい鶴ですからね」

「とにかくだ、殿の功績は如何《いか》ほどのものか……。先代の跡を引き継ぎ盛岡城を完成に近づけたばかりか、八戸《はちのへ》の南部直義《なおよし》さまを遠野《とおの》に移封《いほう》させ、伊達《だて》藩を牽制《けんせい》することに成功なさったのだからよ」

「父上はそうおっしゃいますが、伊達政宗《まさむね》という男はなかなかの策士……。我が藩が関ヶ原《せきがはら》の合戦で勝利を挙《あ》げた後、大御所《おおごしょ》（徳川家康《とくがわいえやす》）さまの命《めい》を受けて出羽山形《でわやまがた》に兵を挙げたその隙《すき》に乗じ和賀氏《わがし》が蜂起《ほうき》しましたが、その背後にいたのが伊達政宗といいます……。結句《けっく》、我が軍が岩崎《いわさき》城《じょう》を攻め落とすのに八月《やつき》もかかったのですからね……。それに、伊達との藩境《はんざかい》を巡《めぐ》るこんな話も伝え聞いています。あるとき、伊達の殿さまから南部家に文が届いたとか……。文によると、互いに午《うま》にて城下を出て出逢《であ》った地点を藩境にするとあったそうですが、午を牛《うし》と読み違えた南部側が牛に乗って駆けつけ、馬に乗った伊達方と出逢ったのが、相去《あいさり》という場所……。狡《ずる》いではないですか！　敢《あ》えて、午を牛と読み違えるよう謀《はか》ったに違いありません。武士ならば、誤解を招かぬように、堂々と馬と記《しる》すべきではありませんか！」

弥次郎が忌々《いまいま》しそうに声を荒らげる。

兵庫は苦笑した。

「弥次郎がそう言うのにも一理《いちり》ある……。藩境塚の築かれた相去は、先《さい》つ頃《ごろ》、我が藩が攻め落とした岩崎城下で、誰が考えても、あそこは南部藩のものだからよ。だが、徳川の時代になったからといっても、まだ各地でいざこざが絶《た》えない現状を鑑《かんが》みるに、馬を敢えて午と記した裏に何があるのかと、そこまで考えが及ばなかったのは、南部方の失態《しったい》……。少し考えれば、このご時世、人の移動に牛を使う莫迦《ばか》はいないというのによ……。それによ、この話はどこまでが定かなのか判っておらぬのよ」

「えっ、ですが、殿は本当のことを知っておられるのでは……」

弥次郎が訝《いぶか》しそうな顔をする。

「無論、巷《ちまた》でそんな噂《うわさ》が飛び交っていることを殿は知っておられるであろう……。が、殿にはやっと盛岡藩の体制が調《ととの》おうとする現在《いま》、藩境のことで伊達と揉《も》めたくないという腹がおありなのだろう……。それで、午を牛と読み違えたなどという莫迦げた噂話などに耳を貸さず、伊達から提示された場所に藩境塚を築くことに目を瞑《つぶ》られた……。とは言え、手を打たなかったわけではない……。八戸の弥六郎《やろくろう》直義さまを遠野に移して一万石与えられたが、それは遠野に搦《から》め手としての役割を果たしてもらいたかったからであり、何より、小友金山《おともきんざん》の治安を保《たも》つためには遠野に城を置くことが不可欠であったからなのだ」

兵庫はそう言うと、つと眉根《まゆね》を寄せた。

伊達藩との境界に当たる遠野には、小友金山がある。

この金山を巡っては伊達藩とのいざこざが絶えず、おまけに、一攫千金《いっかくせんきん》を狙《ねら》う山師《やまし》や浪人がこの地に殺到し、中には、金山を恰好《かっこう》の隠れ蓑《みの》と考えた切支丹《きりしたん》までが潜り込む始末で、治安は乱れに乱れていたのである。

この地を、このまま無法地帯にしておくわけにはいかない。

それで、苦肉の策として、陪臣《ばいしん》（家来）の直義に一万石を与え、遠野南部家を支藩とみなしたのである。

これにより、遠野南部家は藩の草創期《そうそうき》から南部家に仕《つか》えた中野家《なかのけ》、北家《きたけ》と共に、盛岡藩御三家《ごさんけ》となった。

だが、治外法権地域となった鉱山に切支丹が潜り込んでいるのには、現在《いま》も頭を悩ませている。と言うのも、徳川幕府が切支丹への弾圧を強め、各藩に取り締まりの通達がなされていたからである。

しかも、ここ数年、金山の発見が相次いだ盛岡藩には、かなりの数の切支丹が潜り込んでいるとみられた。

が、対策としては、公儀《こうぎ》のお触《ふ》れにより、密告者には多額の賞金を出す、という高札《こうさつ》を立てる以外に手がなかったのである。

「………」

弥次郎には返す言葉がなかった。

「ですが父上、わたしは根城南部家《ねじょう》（八戸南部家）の遠野移封については、利直公の謀計《ほうけい》と囁く者がいると聞いておりますが……」

　弥次郎が気を兼ねたように言う。

「巷で取り沙汰《ざた》しているのは、清心尼《せいしんに》のことであろう？　莫迦なことを！　巷で何を言っているのか知らないが、直政《なおまさ》どのが急死され、跡継《あとつぎ》のいなくなった根城南部家のたっての願いで、娘婿《むすめむこ》が決まるまでの当主に未亡人の清心尼を据えただけの話で、寧《むし》ろ、有難《ありがた》く思ってもらわなければならない……。当初、利直公はねね（清心尼）どのに婿を取らせ根城南部を継がせようとされたが、利直公に操《あやつ》られるのを懼《おそ》れたねねどのが出家《しゆつけ》してしまわれ、婿を取ることを拒絶された……。清心尼も考えたものよ。尼《あま》が婿を取るわけにはいかないからよ……。それで仕方なく、直政どのの幼い娘御が婿を取る歳《とし》になるまでの繋《つな》ぎとして、清心尼が根城南部を治《おさ》めることを許されたのだ。そこまで寛容な処置を執《と》られたのは、ねねどのが先代信直公の妹ちよどのの娘、つまり、姪ということがあったから……。それで格別の計らいをされたのだ。その後、娘婿に直義どのを迎えて遠野に移封となったが、直義どのは盛岡に在住とあって、実質上、遠野を支配しているのは清心尼……。だから、世間が言うように、利直公が根城南部を縦《ほしいまま》にしようと思ってなされたことではないのだよ」

「旦那さま、そろそろ居間に場を移されてはどうですか？　お茶はそちらにお持ちしますので……」

　基世が兵庫たちに目まじする。

いつまでも食間にいたのでは、婢が片づけに困るということなのであろう。

「おう、そうであった……」

兵庫が立ち上がると、弥兵庫が兵庫に伺いを立てる。

「父上、わたくしもご一緒して宜《よろ》しいでしょうか？　暫《しばら》く父上の話を伺っていないように思いますので、今宵は今暫く話を聞きとうございます」

「あっ、いいですね！　では、わたしも……」

弥次郎も尻馬《しりうま》に乗ってくる。

すると、何を思ったのか、綺良までが甘ったれたように兵庫の顔を覗《のぞ》き込む。

「お父さま、綺良も！　ねっ、ねっ、いいですよね？」

「綺良が父上の話を聞いてどうするのかよ！　これは男同士の話なんだからよ」

弥次郎が綺良の頭をちょいと小突く。

「何さ！　だったら、今日から綺良も男になりますよォだ！」

あまりにも奇想天外な綺良の発想に、全員がぷっと噴き出す。

「まあ、よいだろう。男であろうと女ごであろうと、綺良も桜木家の一員……。但《ただ》し、話が難しくて、眠くなっても知らないからな！」

兵庫が愛《いと》おしそうに綺良を瞠《みつ》める。

ああ、これだから、お父さまって大好き！

綺良は勝ち誇ったように弥次郎を見ると、弥蔵《やぞう》を決めてみせた。

居間に場所を換えると、綺良は兵庫の隣に坐った。

膝《ひざ》と膝がくっつきそうな近さである。

弥兵庫と弥次郎は兵庫と向かい合わせの恰好で坐っているが、綺良のそんな甘えた態度を見ても何も言おうとしなかった。

「あらまっ、綺良はまた父上にべったり……。帯解を済ませた娘《こ》が、なんて様《ざま》なのでしょうね」

お茶を運んで来た基世が、めっと綺良を目で制す。

「なに、父の膝に坐らなくなっただけでも、成長したということよ」

兵庫がでれりと眉を垂れる。

この年、兵庫は五十一歳……。

四十路《よそじ》近くになって初めて恵まれた、娘が可愛くて堪らないのであろう。

「ねっ、お父さま、さっき、食間で切支丹のことを話しておられたけど、お殿さまが飼っていらっした虎が切支丹の屍《しかばね》を食べなかったって話は本当のことなの？」

綺良が兵庫の顔を見上げ、唐突《とうとつ》に訊《たず》ねる。

「まっ、何を言い出すのかと思ったら……。綺良、どこでそんな話を聞いて来たのですか？」

基世が茶を配りながら、眉根を寄せる。

「華厳院の仁助爺が婢のお留《とめ》さんと話しているのを耳にしたの……。綺良は米内蔵《こめうちぐら》の奥の虎屋敷で以前虎が飼われていたことは知っていたけど、お殿さまが切支丹の屍を虎に食べさせようとしたなんてことは知らなかったものだから、うちに戻ったら、何がなんでもお父さまに本当のことを聞かなくちゃと思ってたの……。ねっ、それで、その話は本当のことなの？」

莫迦なことを！

兵庫は言葉に窮《きゅう》した。

家康がカンボジアから贈られた虎を、大坂《おおざか》夏の陣の功績を称《たた》えられた利直が拝領《はいりょう》したという話は本当のことである。

利直は米内蔵の奥に虎の檻《おり》を設《もう》け、そこで十年近く虎を飼育していたが、寛永《かんえい》二年（一六二五）に虎が檻から逃げ出し、利直自《みずか》らが射殺したという経緯があった。

が、処刑した切支丹の屍を虎の檻に入れたが、虎が死人《しびと》の肉には見向きもしなかったという話は、どこまでが本当のことか判らない。

ところが、巷では、面白おかしくそんな話が飛び交っているのである。

どうやら、利直が虎を射殺したという話と、幕府からの命で止《や》むを得《え》ず行使した切支丹の弾圧とを結びつけて、そんな万八《まんぱち》（嘘）が一人歩きしてしまったに違いない。

仮に、そんなことがあったにせよ、それは利直が命じたことではなく、家臣が勝手にやったことと……。

兵庫はそう信じていたのである。

すると、兵庫が言葉に詰まったのを見て、弥兵庫が助け船を出した。

「莫迦だな、綺良は！　そんな話を真《ま》に受けてどうするかよ！　確かに、禁令を破ったものは厳罰に処《しょ》されても仕方がないが、処刑されたものは手篤《てあつ》く葬《ほうむ》らなければならない……。それなのに、殿がそのような非情なことをされるわけがないだろうが！　虎が死人の肉を食ったか食わなかったかなど問題ではなく、殿がそのような行為をされたという風聞《ふうぶん》自体が許し難《がた》いこと！　いいな、二度とそのようなことを口にするでないぞ！」

綺良が潮垂《しおた》れ、上目遣《うわめづか》いに兵庫を窺う。

「ごめんなさい……。綺良は仁助爺の言っていたことが気になったものだから……。だって、お父さまはいつもおっしゃっていたでしょう？　心で疑問に思ったことはなんでも訊ねるがよいって……。聞くは一時《いっとき》の恥、聞かぬは末代《まつだい》の恥。そう、こうもおっしゃってたわ……。問《と》うに答えの闇《やみ》あらぬって……」

兵庫が苦笑いをする。

「そうだ、綺良の言うとおり！　では、これでもう解ったな？　兄上の言葉を父の答えと思ってくれてよい」

「はい」

「それで、おまえたちがわたしに訊きたいこととは？」

兵庫が弥兵庫と弥次郎を瞠める。

弥兵庫は真っ直《す》ぐに兵庫を見た。

「実は、江戸の重直さまのことなのですが……。このところ、あまり芳《かんば》しくない風聞ばかり耳にしますものですから、これが本当のことなのか、それとも些細《ささい》なことに尾鰭《おひれ》をつけたものなのか解らず、殿のお側近くに仕《つか》える父上なら、詳しいことを知っておられるのではないかと……」

「重直さまのことをそなたが知ってどうするというのか？」

兵庫が弥兵庫に射《い》るような視線を送る。

「どうすると言われましても……。いえ、どうすることも出来ないのは解っています。ですが、現在《いま》の殿に万が一のことがあれば、盛岡藩二代目藩主は重直さま……。仮に、風聞が本当のことだとすれば、盛岡藩は利直公のお力でやっと十万石の構えが盤石《ばんじやく》となりつつあるというのに、二代目になった途端《とたん》、足許《あしもと》に亀裂《きれつ》が走るようでは困ります。何しろ、伝え聞きますには、重直さまがお生まれになったのが江戸桜田上屋敷《さくらだかみやしき》とあって、進取《しんしゆ》の気性《きしよう》に富んだ、いえ、それはまあよしとしても、派手なことを好み、側室は数知れず……。そればかりか、元吉原《もとよしわら》の遊女を妾《めかけ》として大奥に入れ、寵愛の限りを尽くされているというではありませんか！　これでは利直公がいかに鉱山の開拓で藩財政を潤《うる》わせようと努めても、跡を継ぐべき重直さまが金に糸目をつけず浪費《ろうひ》三昧《ざんまい》というのでは、家臣からも不満が出ましょう……。わたしはそれを案じているのです」

「そなた、誰からその話を聞いた？」

えっと、弥兵庫が狼狽《うろた》え、視線を彷徨《さまよ》わせる。

「誰って……。塾の門下生は皆そう言っています」

「皆とは誰だ」

「皆は皆です」

「それに、一つ訊くが、そなた、重直さまのことを二代目と言ったが、では、利直公が盛岡藩の初代だと？」

「ええ。わたしはそう思っています。確かに、不来方《こずかた》に築城を手掛けたのは、信直公……。不来方というのが城の地名に相応《ふさわ》しくないと、盛る岡、つまり盛岡と改名されたのも、信直公……。ですが、信直公が盛岡城に居住されたのは、半年足らずで、しかも、城はまだ完全に完成を見ていませんでした。それを現在《いま》の城にまで築き上げてきたのが利直公で、私たち若輩《じゃくはい》は利直公を初代藩主と思っています」

成程《なるほど》、そのような考え方もあるのか……。

兵庫は目から鱗《うろこ》が落ちたような想いであった。

信直公が豊臣秀吉《とよとみひでよし》の小田原《おだわら》攻めに加わり、報奨《ほうしょう》として南部《なんぶ》内七郡《うちしちぐん》（岩手《いわて》、鹿角《かづの》、閉伊、糠部《ぬかのぶ》、志《し》和《わ》、久慈《くじ》、遠野）の本領安堵《ほんりょうあんど》の朱印状《しゅいんじょう》を貰い、その後、不来方に築城を手掛けてきたことを目《ま》の当たりにしてきた兵庫の世代と、利直治世《ちせい》の下《もと》に育ってきた弥兵庫の世代とは、こうも見解が違うのであろうか……。

徳川幕府も今や二代将軍秀忠《ひでただ》の時代……。

元和《げんな》元年《がんねん》（一六一五）に武家諸法度《ぶけしょはっと》が定められてからは幕府の体制も調い、今や反旗を翻《ひるがえ》す者はいないといってもよいだろう。

つまり、今や政《まつりごと》は武《ぶ》ではなく智《ち》で行うもの……。

そうしてみると、弥兵庫ら若者の目には、平安の世や城下の発展のほうが輝かしく映っても不思議はなかろう。

「あい解った！　だが、わたしは南部藩の初代は信直公だと思っている。で、話を元に戻すが、そなたたちは重直さまの浪費を気にしているとな？　だが、それは重直さまが江戸生まれで、国許《もと》のことを何ひとつお知りにならないからだとは思わないか？　側室の数が多いとも言ったが、藩主にとって何より重大なことは世子《せいし》を残すこと……。この世に生まれ落ちた子のうちのどのくらいが元服《げんぷく》するまで育ってくれるか、そなたは知らないであろう？　よい例が利直公よ。長男の家直《いえなお》さまや次男の政直《まさなお》さまは既にこの世の人ではなく、やっと元服まで育ってくれた男子が重直さまであり、彦六郎さまや数馬《かずま》（後の八戸直房《なおふさ》）さまは下借腹……。重直さまに万が一ということがあれば、彦六郎さまや数馬さまがいないと、盛岡藩はどうなると思う？」

「改易《かいえき》……、お取り潰《つぶ》しになるのですね？」

弥次郎が上擦《うわず》った声を出す。

「ああ……。そうならないためにも、側室がいなくてはならないのだ」

「あら、わたくしは旦那さまがおなめ（妾）を囲うことを許しませんからね！」

基世がつるりとした顔で言う。

「これ！　はしたない言葉を使うものではない」

兵庫が険しい目をして、基世を睨《ね》めつける。

が、すぐに話を元に戻そうと、兵庫は咳《しわぶき》を打った。

「つまり、藩主や御家門《ごかもん》、御三家と違って、諸士《しょし》には公《おおやけ》の側室は認められない……。わたしは元服するまで弥兵庫や弥次郎が無事にいてくれて、やれと胸を撫《な》で下ろしているのよ」

「ええェ……。じゃ、綺良は？　綺良はいなくてもいいの？」

綺良が不服そうに、ぷっと頬を膨《ふく》らませる。

「綺良がいなくてどうしようか！　おまえはわたしの大切な一人娘なのだからよ」

綺良が満足そうな笑みを浮かべる。

「ですが、父上、側室のことはそれでよしとしても、元吉原の遊女を身請《みう》けし、妾として大奥に入れるとはなんたること！　しかも、それが重直さまが十八歳のときのことだというではないですか……。これは真《まこと》のことなのですよね？」

弥兵庫に問い詰められ、兵庫は言葉を呑んだ。

江戸御留守居役《えどおるすいやく》からの文では、どうやら、この話は真のことのようなのである。

重直は加藤式部大輔明成《かとうしきぶだいすけあきなり》の娘を娶《めと》ったが、何が原因なのか離縁してしまい、江戸の中屋敷に大奥を作ると、何人もの側室を置き、それだけでは飽きたらずに元吉原の遊女勝山《かつやま》を身請するや、最上奥《もがみおく》と名を改めさせ、寵愛しているというのである。

なんでも、最上奥というのは酒田《さかた》の出といい、それが重直の関心を引いたのは否《いな》めないが、とにかく、最上奥は誰もがはっと振り返るほどの美印《びじるし》（美人）で、その艶冶《えんや》な姿は元吉原でも一頭《いっとう》地《ち》を抜いていたという。

だが、そんな噂が既に国許にまで届いていたとは……。

となれば、隠したところで仕方がなかろう。

兵庫はそう腹を括《くく》ると、ああ、真のことらしい……、と答えた。

あっと、弥兵庫と弥次郎が顔を見合わせる。

「そのような女《おな》ごを側室になど……」

「利直公はよく黙認しておられますな」

「無論、利直公は業腹《ごうはら》でおられよう……。だが、重直さまが正室を離縁されてからというもの、頑《がん》として後添《のちぞ》いを貰おうとされぬのでな……。そうなると、側室であれ誰であれ、南部家を継承する男子を挙げるためには、気に染まない女ごであろうと黙認する以外ないのでな。重直さまも御年《おんとし》二十三歳……。そろそろ世子を挙げてもらわねばならぬのでな……」

「まだ二十三歳ですもの、そう焦《あせ》らずとも……。それに、何人も側室がいて、そのうえ、寵愛する最上奥がいらっしゃるのですもの、いずれ、どなたかが世子を挙げられるでしょうよ」

基世が太平楽《たいへいらく》に言う。

「けれども、わたしが聞き及びますには、重直さまはひどく短気で、喜怒哀楽が激しいうえに、家臣が諫言しようものなら、直《ただ》ちに禄《ろく》を召し上げられてしまうとか……。藩士の上に立つお方がそこまで直情径行型《ちょくじょうけいこうがた》でいたのでは、甘《うま》く藩を纏《まと》めていけないのではなかろうかと、そう塾長が言われていました」

弥兵庫が蕗味噌《ふきみそ》を嘗《な》めたような顔をする。

「なに、米内《よねうち》どのがそう言われたのか！」

あっと、弥兵庫が挙措《きょそ》を失う。

どうやら、決して名前は出すまいと思っていたのに、つい口が滑ってしまったようである。

米内伊右衛門《いえもん》は家老米内丹後《たんご》政恒《まさつね》の従弟《いとこ》である。

伊右衛門は幼き頃より英知に長《た》けていて、武に生きることより学問の道を選び、藩士の師弟を集め私塾を開いていた。

いずれ、盛岡にも藩校を……。

それは利直の永年《ながねん》の夢であったが、城が完成半《なか》ばとあって、現在《いま》はまだその場所が確保出来ないというのが現状だった。

兵庫は米内伊右衛門とは面識がなかったが、従兄《いとこ》の政恒は歯に衣《きぬ》を着せずにものを言う男……。

恐らく、伊右衛門は政恒から重直の悪《あ》しき噂を耳にして、藩の行く末を思うあまり、思わず門弟の前で不満を募らせてしまったのであろう。

「だが、弥兵庫、ここで言うのは構わないが、口が裂《さ》けても、表でそのようなことを口にするでないぞ！　弥次郎もだ。解ったな？」

兵庫が鋭い視線を二人に向ける。

「はい、解りました」

「決して、口外いたしません」

二人が緊張した面差《おもざ》しで答える。

すると、綺良が、わたしも決して言いません！　と黄色い声を上げた。

「まっ、綺良ったら！　どこまで話の内容を解って言っていることやら……」

基世が困《こう》じ果てた顔をする。

「ところでだ……」

兵庫が改まったように、弥次郎に目を据える。

「何か……」

弥次郎がハッと威儀《いぎ》を正す。

どうやら、説教でもされると思ったようである。

「そう硬くなることはない。弥次郎、そなた、幾《いく》つになった？」

「十七歳ですが……」

「では、そろそろ先行《さきゆ》きのことを考えなければならない頃よのっ……。弥兵庫は桜木家の嫡男《ちゃくなん》として、いずれ、わたしの跡を引き継ぐことになるだろうが、弥次郎は他家の養子に入らなくてはならない……。実はな、現在《いま》、川奉行鳥越助左衛門《とりごえすけざえもん》どのから、そなたを養嗣子《ようしし》として貰えないだろうかと打診されていてな。家禄は石取《こくど》りで百石だが、別に役料がつくそうだ……。鳥越どのには娘御もいない……。よって、そなたが鳥越の家を継ぎ、他家から嫁を取ることになる……。わたしは良い話だと思うのだが、どうだろう？」

いきなりの話で、弥次郎が目をまじくじさせる。

「ほう、それはよい話ではないですか！　百石なら禄高《ろくだか》として不足はないし、何より、鳥越に娘御がいないのがよい……。めぐせェめらし（見場《みば》の悪い娘）でもいられた日には、敵《かな》わないからよ！　その点、養嗣子として鳥越に入り、他家から嫁を貰うのであれば、選《よ》り取り見取り……。おっ、弥次郎、良かったではないか！」

弥兵庫がからかい半分に言う。

「そうですよね！　婿養子というのであれば些《いささ》か早すぎる気がしますが、養嗣子ならね。弥次郎、母も良い話だと思いますよ。それで、鳥越さまはお幾つですの？」

基世が兵庫に訊ねる。

「確か、五十三歳と聞いたが……。五十路を過ぎて、いよいよ気が急《せ》いてこられたのであろうな。妻女は四十路半ばというが、その歳では、もう子は望めないだろうからな」

弥次郎が真剣な眼差《まなざ》しを兵庫に向ける。

「川奉行とは、どんな役割を担《にな》うのでしょう」

「主《おも》に北上川《きたかみがわ》、中津川《なかつがわ》の川普請や橋の補修に携《たずさ》わる。そなたたちも知っているだろうが、北上川が城の西を蛇行《だこう》しながら流れているものだから、度々《たびたび》の水害で築城に支障を来《きた》しているということを……。藩では、いずれ流路《りゅうろ》の変更を余儀《よぎ》なくされることになるだろう……。そうなると、これは大がかりな川普請となり、いよいよ川奉行の力量が問われることになる。鳥越どのの歳から考えるに、その役目は養嗣子にかかってくるに違いない……。どうだ、弥次郎、やり甲斐のある役職だと思わないか？」

「思います。ですが、わたしにそのような大役が務まるでしょうか……」

「それ故《ゆえ》、養嗣子に入る気があるのであれば、一時《いっとき》も早いほうがよい。現在《いま》、養嗣子に入っても、実際に家督を継ぐのは数年先になるだろうから、現在《いま》から鳥越どのに教えを請《こ》うておくとよい」

「そうですよ。弥次郎はまだ十七歳……。謂《い》わば、現在《いま》が一番知識を身につけやすいときですからね。父上が言われるように、盛岡城はこれまで何度水害に悩まされてきたことか……。あの川をなんとかしなければ、南部藩の繁栄は見られませんからね。その大切なお役目が出来るとは、羨《うらや》ましいくらいですよ！」

弥兵庫が言う。

双親や兄から勧められてもまだ幾らか躊躇《ためら》いがあったのであろう弥次郎の頬に、どこかしら笑みが戻っている。

「では、この話を進めてもよいのだな？」

兵庫が食い入るように弥次郎を瞠める。

「はい。とにかく、一度、鳥越どのにお逢いしとうございます」

基世と弥兵庫がほっと眉を開き、顔を見合わせる。

「綺良は弥次郎兄さまが余所《よそ》の家に行くのは嫌です！」

綺良が大声を上げた。

「綺良！　なんてことを言うのですか。兄上にとってはお目出度《めでた》いことなのですからね。悦んで差し上げなければ……」

基世が戸惑《とまど》ったように言う。

「そうだよ、綺良。兄上が鳥越の家に入ったとしても、綺良の兄には違いないのだからね」

「それに、鳥越の屋敷は新山小路《しんざんこうじ》……。仁王小路とは目と鼻の先ではないか！」

兵庫と弥兵庫が綺良を宥《なだ》める。

「それでも、嫌！　だって、毎日逢えなくなるのだもの……」

「おやおや、毎日一緒にいると口喧嘩《くちげんか》が絶えないというのに……。綺良は口喧嘩をする相手がいなくなるのが寂《さみ》しいのでしょう？」

基世が嗤《わら》いを噛《か》み殺し、くくっと肩を揺する。

「喧嘩するほど仲がよいというからな。だが、綺良、考えてもごらん。おまえだって、あと数年もしたら、嫁入り先のことで頭を悩ませなくてはならなくなるのだぞ」

弥兵庫がちょうらかしたように言うと、綺良がムッとした顔をする。

「綺良はお嫁になんか行きませんよォだ！」

「何言ってんだよ！　行きたくても貰い手がないくせして……」

綺良は弥兵庫を睨みつけた。

「嫁入り先はもう決まってますよォだ！」

「やれ、これだよ！」

「こんな跳《は》ねっ返りを貰いたいという奇特《きとく》な男《ひと》がいるのなら、是非《ぜひ》にもご尊顔を拝したいものだぜ！」

弥兵庫のその言い方がよほど可笑《おか》しかったのか、居間の中にワッと嗤いの渦《うず》が巻いた。

弥次郎が川奉行鳥越助左衛門の養嗣子に迎えられ、三年が経つ。

この年、綺良は十四歳……。

弥次郎がいなくなった寂しさを紛《まぎ》らわせるかのように始めた、お謡《うたい》、琴《こと》、茶事《ちゃじ》、裁縫《さいほう》といった稽古事《けいこごと》だったが、この頃うち、どこかしら愉《たの》しくて仕方がない。

と言うのも、稽古事を通じて外の世界を垣間見《かいま》ることが出来るからである。

何事にも決まり事の多い武家の暮らしと違い、商人《あきんど》は身に着けるものすべてに贅《ぜい》を凝《こ》らし、どちらかといえば金離《かねばな》れのよさで人の値打ちを計るようなところがある。

それが、武家の女ごたる者、質朴《しつぼく》、気丈夫《きじょうぶ》を旨《むね》とせよ、と兵庫から叩《たた》き込まれた綺良には物《もの》珍《めずら》しく、新鮮に映るのだった。

殊《こと》に、盛岡城下に集まってきた近江《おうみ》商人の中でも、村井権兵衛《むらいごんべえ》を中心とした派閥《はばつ》は、井筒屋善《いづつやぜん》助《すけ》、清助《せいすけ》、権右衛門《ごんえもん》、又兵衛《またべえ》といった分家が京町《きようまち》（本町《ほんちよう》）、八日町《ようかちよう》、三戸町《さんのへちよう》、油町《あぶらちよう》に見世《みせ》を構え、両替《りようがえ》、質屋《しちや》、酒、味噌《みそ》や醤油《しようゆ》の醸造業《じようぞうぎよう》、呉服、漆器《しつき》、海産物、小間物と多岐《たき》にわたって商《あきな》いをしていた。

彼らは奥州《おうしゆう》の片田舎で惜《お》しげもなく京の文化を振りまき、恰《あたか》も、水墨画に彩色《さいしき》を施《ほどこ》すかのように活気を与えてくれたのである。

綺良は琴の稽古で井筒屋の娘美郷《みさと》に出逢い、すっかりその虜《とりこ》になってしまったのである。

美郷は綺良より一歳年上で、京美人というのはこのような女《ひと》のことを言うのであろうと思わせる、はんなりとした雰囲気を湛《たた》えていた。

近江にいるころは、京から師を招き、香道《こうどう》や琵琶《びわ》、絵画にいたるまで習っていたというから、話を聞いているだけで飽きが来ず、どこかしら胸が弾んでしまう。

しかも、美郷が身に纏っている慶長小袖《けいちょうこそで》のなんときらびやかなこと……。

地色《じいろ》を紅《あか》、白、黒紅《くろべに》（黒）の三色を中心とした複雑な抽象形に染め分け、それぞれの区画の内部に縫箔《ほうはく》や絞《しぼ》り染などの技法を駆使《くし》して細密《さいみつ》な文様《もんよう》を表現したもので、何より、左右の均衡《きんこう》に拘《こう》泥《でい》しない動きのあるのが斬新《ざんしん》であった。

「なんて綺麗《きれい》なのでしょう」

綺良が目を瞠ると、美郷は当然だろうといった顔をした。

「あら、この小袖は一張羅《いっちょうら》には入らないのよ。もっと面白い絵柄はないものか、現在《いま》、お父さまに強請《ねだ》っているところなの」

「これが一張羅でないなんて……」

「だって、うちは呉服屋よ。ある意味、見世の宣伝のためにあたしが着てあげているようなものですもの……。そうだ！　あたしはもう飽きてしまい袖を通したくない小袖があるのだけど、綺良さん、よかったら貰って下さらないかしら？」

「あ、あ、あったらもの（勿体《もったい》ない）！」

思わず綺良の口を衝いて出た国言葉《くにことば》に、美郷はえっと訝しそうな顔をして、くすりと肩を揺らした。

「綺良さんが盛岡の言葉を使うなんて、驚いたァ！　えっ、今、なんて言ったの？」

「勿体ない。そんなことをしては駄目だと言ったの」

「へえェ、綺良さん、普段はそんな言葉を使ってるんだ……」

「違うの！　あんまし慌てたものだから、つい、婢が使っている言葉が口を衝いて出てしまったけど、いつもはお母さまからどこに出ても恥ずかしくない言葉を使うようにと口が酸《す》っぱくなるほど言われているのよ」

「ふふっ、あたしも同じ……。近江はどちらかといえば京言葉に近いのだけど、どうかすると、つい、おおきに、とか、なんとかしなはれ、と言ってしまうのよ」

「それだと、何を言っているのか解るし、耳にも響きがよいけど、んだば、はっぱり、ほではん、と言われたとして、美郷さん、解るかしら？」

美郷が目をまじくじさせる。

「それなら、さっぱり解らないって意味なのよ」

「えっ、そうなの？　それこそ、さっぱり解らないわ」

綺良と美郷は顔を見合わせ、ぷっと噴き出した。

そんなことがあって、二人はますます水魚《すいぎょ》の交《まじ》わりをするようになったのである。

「あたし、盛岡の町割りが大好き！　五の字割っていう碁盤《ごばん》の目をした形が、どこかしら京に似ているような気がして……」

美郷は目をきらきらと輝かせて言った。

利直は築城と同時に城下町を形成していくことに努めたが、そのとき取り入れたのが御三家であり家老でもある北松斎信愛《きたしょうさいのぶちか》の意見である。

「一の字は一番して長い。五の字は丸く小さく四方に道を発展させるに便利である。多くの城下町や宿駅は一重か二重に造っているが、これは誤りである。一重、二重の町は通り筋だけが繁盛するが、裏町は衰えるだけである。盛岡は旅人の往来路ではないから、袋町《ふくろまち》のようにして地売り《じう》地商い《じあきな》を基本とすべきである。だから、城を中心に二重、三重、前後左右に囲んで、侍町《さむらいまち》と町人町《ちょうにんまち》、町人町と侍町を続けるようにするのがよい……」

信愛はそう言ったという。

利直は信愛の意見を取り入れ、奥州街道を上田《うえだ》から切り替え、城の大手門《おおてもん》の前の京町まで引き込み、更《さら》に中津川の東側を通って、三日町《みっかちょう》から北上川沿いに抜けるようにしたのである。

それに沿って町人町が造られ、その外側に武家屋敷が広がっていき、幾重《いくえ》にも道が通された。

そのため、城下は武士と町人が混在することになり、寺院が北山《きたやま》、関口《せきぐち》一帯と寺《てら》ノ下《した》地域に配置されたのである。

町割りは元和五年（一六一九）にはほぼ完成し、利直は三戸の旧城下にいた商工業者を盛岡に移した。

これが、三戸町である。

ここで注目すべきなのは、町名によって階層が区別されていることである。

上田小路、仁王小路と小路のつく地域には武家屋敷が、京町、鍛冶町《かじちょう》、大工町《だいくちょう》と町《ちょう》のつく地域は町人、職人が、そして、仙北組町《せんぼくくみちょう》、上田組町《うえだくみちょう》と組町《くみちょう》がつく地域には身分の低い同心《どうしん》（足軽）が住んでいた。

そして、六日町《むいかちょう》、八日町、十三日町《じゅうさんにちまち》は市《いち》の立つ町のことで、市日によって命名された町……。すべてにおいて合目的《ごうもくてき》であり、街道筋には惣門《そうもん》が設けられ、番所《ばんしょ》で人や物質の往来が監視されたのである。

また、惣門とは別に、城下に出入りする主要な街道筋には枡形《ますがた》が設けられ、枡形の手前には道を挟んで同心組と呼ばれる下級武士の組屋敷……。そして、町の出入り口には木戸が設けられていて、町人は夜間の外出が禁じられていたのである。

が、なんと言っても、京、大坂《おおざか》と見紛《みまが》うほどの活気をみたのは、大手門正面の京町、八日町、三戸町であろうか……。

その京町に、呉服屋井筒屋は暖簾を上げているのである。

「美郷さまは何度も京に行かれたことがおありなのね？」

綺良がそう訊ねると、美郷はくすりと笑った。

「あたし、十二歳まで近江にいたのだけど、母の実家《さと》が京なので、それはもう度々……。父が村井のおじさまに誘われて盛岡に見世を出すと聞いたとき、本当は、江戸を通り過ぎて奥州まで下るなんて……、と不満だったの。だから、母とあたしはなんだのかんだのと理屈をつけて近江から動こうとしなかったのだけど、父から家族は離れているものではない、ときつく叱られたものだから……」

「で、どうでした？　嫌々ながら来た盛岡は……」

綺良が美郷の顔を覗き込むと、美郷はくすりと肩を竦めた。

「まさか、こんなに良いところとは思わなかった！　町並がどこかしら京に似ているし、城下を見下ろす岩手山《いわてさん》のなんと美しいこと！　別名を巌鷲山《がんじゅさん》ともいうのですってね？　春の雪解けの形が飛来《ひらい》する鷲《わし》の姿に見えるからだとか……。あたしには富士の姿に思えるのだけど、婆やの話では、岩手山には伝説があるのですってね？」

ああ……、と綺良が頷《うなず》く。

美郷は岩手山と姫神山《ひめかみさん》、早池峰山《はやちねさん》にまつわる民話のことを言っているのである。

その昔、岩手山と姫神山は夫婦《めおと》であったが、岩手山が少し離れた位置にいた早池峰山の美しさに心を奪われて、嫉妬《しっと》深い姫神山に嫌気がさした岩手山が配下の送仙山《おくりせんやま》に、姫神山を目の届かないところまで追いやるように、首尾《しゅび》よく追い出すことが出来なかったときにはおまえの首を刎《は》ねてしまう、と命じたが、翌朝、岩手山が目覚めてみると姫神山はまだそこに……。

猛《たけ》り狂った岩手山は火を噴き、送仙山の首を刎ねると、その首を自分の傍に置いたといわれ、岩手山の裾《すそ》に見える瘤《こぶ》の部分がその首だという。

そのため、夏場、この三山が同時に晴れることはなく、早池峰山と姫神山が晴れれば、岩手山が曇り、岩手山と姫神山が晴れれば早池峰山が曇る。

綺良も物心ついた頃に、婆やからこの話を聞いた。

南部富士とも岩手富士とも呼ばれる美しい岩手山に、こんなおどろおどろしい伝説があるとは……。

恐らく、岩手山は活火山のため、いにしえから江戸時代に至るまで、何度も山頂噴火で山が形態を変えていく様《さま》を民話に譬《たと》え、一方、山岳信仰として崇《あが》めてきたに違いない。

美郷が続ける。

「でもね、あたしが何より盛岡を好きなのは、綺良さん、あなたという腹心《ふくしん》の友が出来たからなの……。近江でも京でも、綺良さんのように心の通う女《ひと》には出逢わなかった……。綺良さん、これからもずっと仲良くして下さいね！」

美郷が鈴を張ったような円《つぶ》らな瞳で、綺良を瞠める。

「わたくしも美郷さまに出逢えて本当に良かった！　美郷さまにお逢いすると、風雅《ふうが》な香りに包まれるようですもの」

「じゃ、約束よ！　二人のこの関係は未来永劫《みらいえいごう》続くことを誓いますって……」

二人は小指と小指を絡《から》ませた。

「ええ、約束します」

「きっとよ！　この先、どなたかの許《もと》に嫁《とつ》ぐことになったとしても、きっとよ！」

二人は絡めた指を揺らし、互いに目を瞠め合った。

「それはそうと、閉伊《へい》にいらっしゃった彦六郎さまが元服され、盛岡にお入りになったそうですわね？」

美郷が思い出したように言い、綺良はぐし縫いをする手をぎくりと止めた。

「美郷さま、今、なんて？」

「ですから、彦六郎さまですよ。なんでも、殿さまの五男だとか……。と言っても、正室のお子ではなく、花輪村の郷士の娘との間に生まれ、幼い頃から閉伊氏の菩提寺、華厳院に預けられていたとかで、そのため、父御《ててご》に当たる利直公には殆《ほとん》ど逢うことがなかったのですって……。ところが、彦六郎さまが元服する歳になられたものだから、今後は、いずれ南部藩を継ぐことになる重直さまの手脚《てあし》になれとばかりに、此度、家臣に組入れられたそうですのよ」

美郷が小声に綺良の耳許で囁く。

「美郷さま、どこでそれを……」

「だって、うちは藩の御用商人ですもの……。番頭が大奥にご用を伺いに行った際、小耳に挟んできても不思議はないでしょう？　では、これでやっと、彦六郎さまは母御《ははご》と再会することが出来るのですね？　さぞや、これまで寂しかったでしょうに……。ああ、でも、母御のほうがお可《か》哀相《わいそう》……。だって、彦六郎さまを産んで間なしに赤児《やや》を取り上げられてしまったのですものね。何故《なぜ》、そんなことをされたのでしょうね。綺良さん、何か知っています？」

「いえ、わたくしは……」

綺良は慌てた。

「だって、綺良さんのお父さまは殿さまの御側用人でしょう?」

「ええ、でも、本当にわたくしは何も……」

「それもそうだわね」

美郷が仕こなし顔に頷いてくれたので、綺良はほっと眉を開いた。

いかに美郷と腹心の友の誓いを立てたといっても、みだりに彦六郎の生《お》い立ちを口にしてはならない……。

綺良はそう思っていたのである。

ましてや、綺良が彦六郎と約束を交わしたことなど……。

彦六郎の生母松が彦六郎を産んだのは、十四歳のときだという。

あまりにも幼くして子を産んだため、産後間なしに赤児《やや》を引き離され、その後、気《き》の方《かた》(気《き》鬱《うつ》)に陥《おちい》ったと噂する者もいれば、大奥に入ったが他の側室と反《そ》りが合わなかったという者もいて、本当のところは定かでない。

いずれにしても、現在《いま》は三十路《みそじ》になったばかり……。

だが、何ゆえ、利直公はまだ小娘といってもよい松を、お手つきにしてしまったのであろうか……。

姉といってもよい、母……。

そう考えると、綺良はつくづく彦六郎を不憫《ふびん》に思うのだった。

殿のお子ということで周囲《まわり》から大切に扱われてきたといっても、彦六郎は生まれてこの方、一度も母の情愛に触れることなく生きてきたのである。

彦六郎の寂しさを思うと、双親の庇護《ひご》の下で温々《ぬくぬく》と育ってきた綺良は、胸が張り裂けそうな想いに陥るのである。

だから、たとえ美郷であろうと、彦六郎の来《こ》し方には触れてもらいたくない……。

が、美郷は綺良の胸の内など知ろうともせず続けた。

「ねっ、綺良さん、知っていらっしして？　江戸におられる重直さまって眉目秀麗《びもくしゅうれい》で、なかなかの男っぷりなのですってよ！　しかも、江戸育ちとあって洒落者《しゃれもの》で、学問に長《た》けていれば、美を見る目も確かで、そのうえ、こうと決めたら突き進んでいく豪胆《ごうたん》さをお持ちなのですって……。それに、聞くところによると、正室を離縁されてからというもの、後添いをお貰いにならないとか……。まっ、側室は何人もおられるのでしょうが、重直さまが藩主となられた暁《あかつき》には盛岡にお戻りになることもあるでしょうから、あたし、もう胸がわくわくして……。ふふっ、あたしって莫迦だわね。重直さまが盛岡にお戻りになっても、お目にかかれるというわけでもないのにね！」

美郷がくくっと肩を揺する。

が、綺良には美郷の言葉が耳に入っていなかった。

彦六郎さまが元服して、この盛岡に入られていたとは……。

それなのに、何故、お父さまはそのことを教えてくれなかったのであろうか……。

兵庫が綺良に知らせるまでもないと思ったのだとしても、弥兵庫との会話の中に彦六郎の話題が出てもよさそうなもの……。

すると、兵庫は敢えて綺良の前では彦六郎の話題を避《さ》けたのであろうか。

だが、何故……。

綺良の想いを、兵庫が知っているわけがない。

基世にしても、彦六郎は綺良のよき幼馴染《おさななじみ》と思っているのであるから……。

綺良は居ても立ってもいられなくなり、慌てて針箱を片づけると、美郷に耳打ちした。

「美郷さま、急用を思い出しましたので、悪いけど先に帰らせてもらいますね」

「えっ……。だって、綺良さん、帰りにあたしの家にお寄りになるのではなかったの？」

「ごめんなさい。そのつもりだったのだけど、大切な用を忘れていたの。この借りは必ずお返ししますので、今日は勘弁《かんべん》して下さいね」

「解ったわ。あっ、急ぐのでしょう？　お師さんにはあたしから伝えておくから、さっ、早く！」

美郷に背中を押され、綺良はお針の師匠に断りも入れず、稽古場を辞した。

そうして、八日町の師匠の家を出ると、仁王惣門《におうそうもん》へと向かう。

仁王惣門を出て外濠《そとぼり》を渡ると、桜木家の役宅のある仁王小路である。

桜木の家は、三百石取り平士の平均的な間取りである。

玄関を入ると式台があり、左手に次の間つきの六畳間が三つ並び、中庭を取り囲むようにして、玄関とは反対側に四畳半と八畳の続きの間があり、左側に厨《くりや》や食間、使用人部屋が並んでいて、どの座敷にも比較的広めの縁側がついていた。

屋根は御家門、御三家は瓦葺《かわらぶき》だが、平士は押し並《な》べて萱葺《かやぶき》……。

が、敷地はゆったりとしていて、庭には納屋や蔵、青物の自家栽培が出来る畑などが……。

綺良が門を潜ると、畑で葱《ねぎ》を抜いていた婢のおときが、あれっといった顔をした。

「お帰《けえ》りがんす。あれまっ、なんしてごげェに早《はよ》う……。今日は、お針の稽古じゃ……。どこさ具合《ぐえ》悪ゥかね?」

「ううん、そうじゃないの。お父さまはまだ戻っておいでではないでしょうね」

「へえ……」

「じゃ、お兄さまは?」

「弥兵庫さまもまんだ……」

まだ七ツ(午後四時)前である。

当然、兵庫も弥兵庫も帰宅していないと解っているというのに、綺良はがくりと肩を落とした。

「けんど、奥さまはおいででがんす」

「そう、解ったわ」

綺良はそう言うと、兵庫夫婦の寝所《しんじょ》へと向かった。

基世は箪笥《たんす》の整理をしていた。

重陽《ちょうよう》(九月九日)を前にして、袷《あわせ》と綿入れを入れ替えていたようである。

基世は綺良の顔を見ると、怪訝《けげん》そうに首を傾《かし》げた。

「あら、今日はお針の稽古でしょ? こんなに早く帰って来るなんて、どこか身体の具合でも悪いのですか？」

なんと、おときと同じことを言うではないか……。

「どこも悪くないわ！　それより、お母さま、知っていらっして？　彦六郎さまが盛岡にいらっしてると……」

基世は苦笑すると、

「まあ、なんですか、突っ立ったままで……。とにかく、お坐りなさい」

と言った。

「で、どうなのですか？」

「ええ、知っていましたよ」

えっと、綺良は息を呑んだ。

「いつ……。いつ、盛岡に……」

「さあ、八月の終わりでしたかね。殿さまが国許においでになる間になんとしてでもということで、七戸直時《しちのへなおとき》さまを烏帽子親《えぼしおや》として元服の儀が行われたそうですよ。父上が言われるには、殿さまには、いずれ彦六郎さまに七戸家を継がせる腹がおありになるのではなかろうかと……」

「そんな大切なことを何故お父さまもお母さまもわたくしにひと言も言って下さらなかったのですか！」

綺良が甲張《かんば》った声を出す。

「言ったところで、綺良には関わりのないことではありませんか……。彦六郎さまが華厳院においでになったときと違い、内丸《うちまる》に入られたからには、もう雲の上の人……。これまでのように、気軽に言葉をかけるわけにはいかないのですからね」

基世の言うとおりなのである。

それは解っているが、綺良にはどうにも納得がいかなかった。

「けれども、わたくし、彦六郎さまと……」

綺良はそこまで言うと、言葉を呑み込んだ。

ここで、数年前に彦六郎と約束を交わした、と言ったところでなんになろう。

他愛《たあい》もない子供の口約束なんて……、と一笑《いっしょう》に付されてしまうのは目に見えている。

「彦六郎さまがどうかしましたか？」

基世が綺良の目を瞠める。

「いえ、なんでもありません」

綺良は悔しそうに、きっと唇を噛み締めた。

その夜、夕餉を済ませると、綺良は居間で寛《くつろ》ぐ兵庫に訊ねた。

「今日、井筒屋の美郷さまから聞いて、お母さまに確かめたのだけど、彦六郎さまが元服をなさり、内丸に入られたそうですね？」

基世の点《た》てたお薄《うす》を飲んでいた兵庫が、おっと綺良を見る。

「おっ、綺良の耳にも入ったか……。まっ、それはそうであろうな。井筒屋は御用商人だ。地獄《じごく》耳《みみ》と思ってもよいからな。で、どこまで聞いた？」

「七戸直時さまを烏帽子親として元服なさり、現在《いま》は内丸にお住まいだと……」

綺良が拗《す》ねたような目をして、兵庫を窺う。

「ああ、そうだ。そのまま烏帽子親の七戸家の御預けとなっておられる」

「と言うことは、いずれ、彦六郎さまが七戸の家督を？」

弥兵庫が割って入る。

「ああ、殿の中には、その腹積《はらづ》もりがおありになるのだろう。が、彦六郎さまは弱冠《じやつかん》十六歳……。直時どのもまだ隠居という歳ではない。それで、現在《いま》は御預けという形を取っているのであろうが、いずれ重直さまの治世となるのは必定で、そのときは彦六郎さまに補佐役を務めさせることになるのであろうな」

「補佐役といいますと、家老ということで？」

「ああ、直時どのも務めておられるのでな」

「すると、現在《いま》は彦六郎さまは見習い中ということか……。まっ、内丸内にいれば、政が手に取るように解りますからね。日陰《ひかげ》の身が長かった彦六郎さまも、これでいよいよ日向《ひなた》に出ることが出来るのですからね。なんだか、わたくしも安堵いたしました」

「なにゆえ、弥兵庫が安堵する？」

「いえ……。まっ、いいか！　父上にはわたくしの本音を言わせてもらいましょう。と言いますのは、殿も御年《おんとし》五十六歳……。いつ、何があっても不思議はないお歳ですからね。となれば、殿に万が一ということがあれば、重直さまが二代目藩主となられ、盛岡に入封《にゅうふ》されることになるのですが、直情径行型な重直さまを補佐するには、余程温厚な気性でなければなりません……。わたくしが思いますには、彦六郎さまこそ適任なのではなかろうかと……。あの方は幼い頃より苦《く》汁《じゅう》を嘗めてお育ちになり、人の心の機微《きび》を知っておいでです。それに何より、重直さまとは血が繋がっておられる……。いかに重直さまが気随《きずい》な方といっても、義弟《おとうと》を無下《むげ》に扱うわけにはいかないでしょうからね」

弥兵庫の言葉に、兵庫が懐手《ふところで》にうーんと唸《うな》る。

「確かに……。だが、血が繋がっているからこそ、険悪になることもある……。跡目《あとめ》を巡っての骨肉の争いは、古くから跡を絶たないのでな。が、まあ、彦六郎さまの性分《しょうぶん》からして、兄弟の争いはまずないといってよいだろう……。とは言え、彦六郎さまは若輩だ。重直さまの片腕になるのは、まだまだ先のこと……」

「ええ、それはそうなのですが、先行きに少し明るいものが見えてきたような気がしましてね。おやっ、綺良、どうした？　その不服そうな顔は……。はは ァん、さては、彦六郎さまが手の届かない遠いところに行ってしまわれたと思い、それが不満なのだろう？　まっ、綺良の気持が解らないわけではない……。幼き頃より、閉伊《へい》では兄妹《きょうだい》のようにして遊んだのだからな。が、諦《あきら》めるのだな。彦六郎さまは綺良には猿猴《えんこう》が月……」

「戯けたことを！　綺良とて、身の程を弁えている……。彦六郎さまが日の目を見たのを悦びこそすれ、不服に思うなどと……」

どうやら、兵庫には娘心が解っていないとみえる。

綺良はこれ以上何を言っても無駄だと悟り、俯《うつむ》いた。

弥兵庫が話題を替えようと、基世に目をやる。

「母上、今朝、塾に行く途中、たまたま弥次郎に出会《でくわ》しましてね」

基世がぱっと目を輝かせる。

「それで、息災《そくさい》にしていましたか？」

「ええ、それはもう……。あいつ、今月中にも家督を継ぐことになるそうで、気合いが入っていましたよ」

「ほう……。では、助左衛門どのもいよいよ隠居か……。まだそのような歳ではないと思うが、弥次郎に気を兼ねておられるのであろうかのっ」

兵庫が首を傾げる。

「いえ、弥次郎の話では、此《こ》の中《じゅう》、助左衛門どのの体調が芳しくないとか……。一昨年《おとどし》の雫石川《しずくいしがわ》の大洪水では、またもや多大な被害を被《こうむ》りましたからね。それに、一昨年より公儀の馬買《うまかい》役人、そして、この八月の巡視役の下向《げこう》と、立て続けに幕府から検分役《けんぶんやく》が送り込まれてきますからね。助左衛門どのは河川の普請に充分な目が届かなくなることを懼《おそ》れ、早いうちに弥次郎にその任を譲っておこうと考えられたのでしょう」

弥兵庫はそこで言葉を切ると、勿体をつけたように間を取り、それに……、と言った。

「それに？」

「なんですか、勿体ぶって！　さあ、早くおっしゃいな！」

兵庫と基世が身を乗り出す。

「実は、弥次郎の縁談が決まったそうでしてね」

「………」

「………」

兵庫と基世が驚いたように顔を見合わせる。

「縁談といっても、あの子はまだ二十歳《はたち》になったばかりではないですか……」

基世が目をまじくじさせる。

「いや、早いことはなかろう……。で、お相手はどこの娘御だ？」

兵庫に言われ、弥兵庫が仕こなし顔をしてみせる。

「それが、驚くなかれ、御《お》銅山吟味《どうざんぎんみ》役《やく》佐久間治平衛《さくまじへえ》どのの三女だとか……」

「ほう、佐久間どのの……。佐久間どのは確か二百石取り……。そのご息女《そくじょ》が百石の鳥越の嫁に入るとは、弥次郎は果報者《かほうもの》ではないか……」

「弥次郎の話では、どうやら早苗《さなえ》どの……、ああ、佐久間どのの娘御のことですが、剣術の稽古に通う弥次郎の姿を目にして、一目惚《ひとめぼ》れをされたとか……。いえ、これは弥次郎が自分で言うことですからどこまで本当のことか判らないのですがね……。ただ、話を持ちかけてきたのは、佐久間どののほうで、娘が何がなんでも弥次郎どのとの縁談を進めてくれと言い張るので、ふつつかな娘だが貰ってやってくれないか、と頭を下げられたそうでしてね」

「まあ、どちらかといえば、粗忽者《そこつもの》のあの弥次郎が……。弥兵庫を気に入ったというのであれば頷けますが、決して偉丈夫《いじようふ》とも雛男《ひなおとこ》（美男子）ともいえないあの弥次郎が……。なんだか狐《きつね》につままれたような思いですよ！」

基世が信じられないといった顔で、兵庫を窺う。

「蓼《たで》食う虫も好き好きというからよ。で、弥次郎はそれで納得しているのだな？」

「ええ。健常な身体をしていて、心根《こころね》の優しい女ごなら、ご面相《めんそう》などどうでもよいと嘯《うそぶ》いていましたよ……。ところが、天骨《てんこち》もない！　塾の仲間から聞いた話では、これがなかなかの品物《しなもの》（美人）だそうで……。難を言えば、弥次郎より四歳年上で、しかも、出戻りだとか……」

「なんですって！　弥次郎より四歳上ということは、二十四……。しかも、出戻りですって？」

基世が開いた口が塞《ふさ》がらないといった顔をする。

「歳上なのは構わないが、何ゆえ、早苗どのは離縁されたのだ」

「離縁というより……。ほら、二年前、野辺地《のへじ》の銅山を巡って津《つ》軽藩《がるはん》の家士と盛岡藩の家士の間で諍《いさか》いがあったことを父上も憶えておいででしょう？　あのとき、生命《いのち》を落としたのが、早苗どののご亭主だとか……。御銅山御取次役《おとりつぎやく》だった斎藤権十郎《さいとうごんじゆうろう》どのが両者を宥めようと仲裁《ちゆうさい》に入ったところ、津軽藩の家士に斬殺《ざんさつ》された……。斎藤どのを斬《き》った相手も我が藩の家士に斬り殺され、藩では喧嘩両成敗《けんかりようせいばい》ということでことを大きくしなかったのですが、その一件が起きたのが早苗どのが斎藤どのと祝言《しゅうげん》を挙げたばかりのときで、不憫に思った斎藤家では、泣く泣く早苗どのに去り状を書かれたといいます。ですから、考えてみれば、早苗どのも気の毒なお方……。弥次郎はその話を聞いて、何がなんでも早苗どのを嫁にと……」

基世も綺良も、まあ……、と眉根を寄せた。

武骨《ぶこつ》だが、心根の優しい弥次郎の気持が、手に取るように解ったのである。

南部藩と津軽藩の諍いは、今に始まったことではない。

信直の時代のことである。

信直は秀吉から小田原討伐《おだわらとうばつ》の褒美《ほうび》として南部七郡の本領安堵を受けたが、小田原討伐に参戦しなかった葛西《かさい》、大崎《おおさき》、和賀《わが》、稗貫《ひえぬき》氏らは所領没収のうえ追放、つまり、奥州仕置《おうしゅうしおき》を受けている。

この処置に不満の諸士《しょし》が各地で反乱を起こし、それに乗じて兵を挙げたのが、九戸《くのへ》政実《まさざね》であった。

この戦いは蒲生氏郷、浅野《あさの》長政《ながまさ》に引き入れられた兵により、政実は敗北……。

ところが、ここで登場してきたのが、大浦《おおうら》（津軽）為信《ためのぶ》である。

為信は着々と津軽領内の人望《じんぼう》を集めて機が熟《じゅく》すのを待っていたが、信直が岩手、志和に出陣している隙を突き、津軽に兵を挙げて南部が支配していた郡代の居城浪岡城《なみおかじょう》を攻め、津軽一円《いちえん》を手中に収めてしまったのである。

為信は九戸政実とも通じており、いち早く秀吉に取り入ると、津軽の安堵を受けた。

こうなると、信直には手も脚《あし》も出せない。

以来、為信は津軽右京亮《うきょうのすけ》と名を改め、津軽の地を統治《とうち》するようになったのである。

が、南部藩にしてみれば、津軽は嘗《かつ》ての領地であり、決して許せるものではなかった。

そのため、何かと諍いが絶えず、野辺地の件もその一つであった。

が、これは氷山《ひょうざん》の一角にすぎず、南部と津軽の対立は後世まで尾を引くこととなり、百九十年の後に、南部の赤穂浪士《あこうろうし》と呼ばれた相馬《そうま》事件（一八二一）へと発展していくことを、当時、誰が知っていただろうか……。

「それは早苗さまもお気の毒に……。けれども、弥次郎の嫁にそのような方を……」

基世が深々と肩息《かたいき》を吐く。

「これ、止さないか！　弥次郎は鳥越家に差し上げた息子……。鳥越や当の本人がそれでよいと言っているのに、桜木が口を挟むことはないのだ！」

兵庫が厳しい口調で基世を諫《いさ》める。

基世は気落ちし、肩を落とした。


弥次郎と早苗の祝言は、その年の十一月に行われた。

「よい祝言でしたわね。早苗さまは二度目とは思えないほどに初々《ういうい》しくて……」

基世が兵庫の紋付袴《もんつきはかま》を畳《たた》みながら呟く。

「ああ、実によいお式だった……。助左衛門どののあの嬉しそうな顔といったらなかったから
よ」

「波乃《なみの》さまも嬉しそうで……。けれども、助左衛門さまは少しお窶《やつ》れになったのではないかしら
……」

「おまえもそう思ったか？　いや、わたしも久々にお逢いして、別人かと見間違えたほどだ……。

恐らく、弥次郎に家督を譲り、気が弛まれたのであろうな」

「そうでしょうか。それならよいのですけど……」

　基世が気遣《きづか》わしそうに兵庫を見る。

「それならよいとは……」

「いえ、どこか身体の具合がお悪いのではないかと思いまして……。それで、弥次郎の祝言を急
がれたのではないかしら」

「おまえ、妻女から何か聞いたのか？」

「いえ、何も聞いていませんよ。これは、わたくしの勘《かん》なのですけど、祝言の最中《さなか》も、波乃さま
が時折ご亭主を気遣うような素振りを見せられたので、そう感じたのですけどね」

「だが、御酒《ごしゅ》は飲まれていた……。おまえの思い過ごしではないのか？」

「そうだとよいのですが、助左衛門さまも五十路半ばにおなりですのでね」

「五十路半ばといっても、確か、助左衛門どのは殿と同い年……。と言うことは、五十六……。

そう言えば、殿も此の中すぐにお疲れが出るようになられた……」

「では、長旅はもう応《こた》えるのではありませんか？」

「ああ、そうであろうな……。だが、江戸表からは大御所《おおごしょ》（徳川秀忠）さまのご容態《ようだい》が思わしくないと知らせてきている……。仮に、大御所さまに万が一のことがあれば、急遽、殿は江戸に赴《おもむ》かれることになるだろう。そうなると、江戸まではどんなに急いでも二廻り《ふたまわ》（二週間）はかかる……。武家諸法度が定まり殿が参勤交代で初めて江戸に赴かれたのが四十路半ばだったが、その折でさえ長旅はきつかったというのに、五十路も半ばを過ぎた殿のお身体ではのっ……。が、十万石拝領している限り、礼を欠くことは出来ない……」

「今後、旦那さまがお供をなさることは？」

「いや、わたしがお供をすることはもうないだろう」

基世がほっとしたように、兵庫を見上げる。

「どうした？　安堵したような顔をして……。わたしが殿のお供をするのが、そんなに心配であったか？」

「…………」

基世は目を伏せた。

どうやら、図星だったようである。

が、武家の内儀たる者、まかり間違っても不安や心配を露《あら》わには出来ない。

「そろそろ、わたしも助左衛門どのに倣《なら》い、弥兵庫に家督を譲ってもよい頃かのっ」

「まさか！　旦那さまはまだそのようなお歳ではありますまいに……」

基世が驚いたように兵庫を見る。

「まあな……。それに、隠居したくても、殿がお許しにならない……。実は、先日も殿に言われたばかりなのよ。近い将来、藩主の座を重直に譲ることになるが、そなたには暫くは重直の守り役でいてほしいと……。恐らく、殿は重直さまの行状《ぎょうじょう》に鬼胎《きたい》を抱《いだ》いておられるのであろう。それで、お諌め役として、わたしに忠義を尽くせと言われているのだろうと思う。が、そうなれば、ますます弥兵庫に家督を譲るのが遅くなってしまうからな。あいつも今や二十三……。現在《いま》のままでは所帯を持つことも叶《かな》わぬのでな」

「所帯を持つなど、まだ早《はよ》うございますわ。旦那さまは弥次郎が二十歳で所帯を持ったので、そうお思いになるのでしょうが、ご自分のことを考えてみて下さいませ。旦那さまがわたくしと祝言を挙げたのは、三十歳のとき……」

「まっ、それはそうなのだが、弥兵庫が焦っているのではないかと思ってよ」

「焦ってなどいませんわよ。弥兵庫は現在《いま》は学問に夢中なのですもの……。寧ろ、現在《いま》、家督を譲られたら、あの子のほうが戸惑ってしまうでしょうよ」

「そうであろうか……」

「弥兵庫のことより、綺良を嫁に出すのが先ですわ」

「綺良を嫁に？　莫迦なことを……。あの娘《こ》はまだ十四歳ではないか！」

「いいえ、今すぐにというわけではなくて……。けれども、一年や二年はすぐに経ってしまいますからね。そのうち縁談が舞い込むようになりますことよ」

「莫迦な……。まだ早い！　第一、綺良はまだ何ほども女ごの嗜みを身につけておらぬではないか……」

兵庫がムキになる。

「はいはい、まだ早《はよ》うございますよね！　さっ、早く居間に戻りましょうよ。弥兵庫と綺良が祝言の話を聞きたくて、うずうずしていることでしょうからね」

基世はくくっと肩を揺らした。

ところが、兵庫の不安は的中《てきちゅう》してしまったのである。

その年（寛永八年）の十二月、大御所が重態の報を受け、急遽、利直は江戸に赴いたのだが、翌正月、秀忠が逝去《せいきょ》……。

奇《く》しくも、慶長二年（一五九七）から始まった築城工事が幾たびも火災や水害に遭いながらも、この年ようやく完成へと近づきつつあった。

利直は災害がある度に九戸城《くのへじょう》（福岡城《ふくおかじょう》）に退去しなければならず、実質、盛岡城に居住した時期は短いとはいえ、念願だった城の完成が目前に迫っていたのである。

ところが、運命とはなんと皮肉なものであろうか……。

恰《あたか》も、秀忠の後を追うかのように、八月十八日、利直が江戸桜田上屋敷にて亡くなってしまったのである。

享年《きょうねん》、五十七……。

父信直が盛岡城の第一期工事の完成間近に入城し、僅《わず》か半年居住しただけで病で福岡城に転住し、その年の十一月に没したことを考えてみても、この父子《おやこ》はほぼ同じ運命を辿ってきたことになる。

二人にとって、盛岡に築城することは宿願《しゅくがん》でもあり、一大仕事……。

殊に、利直は築城に当たり何度も災害を掻い潜ってきたばかりか、城下を整備していったのであるから、盛岡の礎《いしずえ》を築いたといってもよいだろう。

利直の死は、早馬《はやうま》にて盛岡に知らされた。

利直の訃《ふ》報《ほう》に、重臣たちが驚愕《きょうがく》したのはいうまでもない。

幸い、世子重直がいるので襲封《しゅうふう》には問題ないが、伝聞《でんぶん》する重直の為人《ひととなり》がどうにも摑《つか》みきれないのである。

しかも、家臣岩館右京亮義矩《いわだてうきょうのすけよしのり》が殉死《じゅんし》したと聞いた家臣が、次々と後に続くと名乗り出る有様で、利直の懐刀《ふところがたな》の北信愛、桜庭安房直綱《さくらばあわなおつな》らは懸命《けんめい》にそれを制した。

「利直公が襲封されたときには、これまで利直公が先代（信直）と手を携《たずさ》え歩んでこられた姿を目《ま》の当たりにしてきたので、我ら家臣はなんら不安を覚えることはなかったが、重直公は何を考えておられるのやら……」

「それがしも殉死しとうございます！　何ゆえ、御家老はお止めになるのですか？」

「それがしは利直公に忠誠を誓いましたが、重直公がどのような方か判らないというのに、このままついていくわけにはいきません！」

「利直公こそ、親方さま！　我らが父御《ちちご》！」

家臣たちは重臣に詰め寄った。

「皆、鎮まれ！　いいか、これは上意《じょうい》なのだ。余に万が一のことありとも、殉死はならぬ……と、そう仰《おお》せなのだ。ほれ、この通り。北どのにこのような上意書を託《たく》された！」

家老の桜庭が胸の間《あわい》から封書を取り出し、家臣の前ではらりと解《ほど》いてみせた。

「………」

「………」

二の丸御柳之間《おやなぎのま》に詰めた家臣の目が、上意書に釘付《くぎづ》けとなる。

言葉を発する者は誰一人としていなかったが、やがて、どこからともなく啜《すす》り泣く声が洩《も》れてきた。

無論、その中には、桜木兵庫も……。

兵庫は衝き上げてくる哀惜《あいせき》の念に、はらはらと涙を零《こぼ》した。

「兵庫、あとを頼んだぞ！」

利直が盛岡を発《た》つ際、御駕籠《おかご》に乗り込もうとして耳許で囁いた言葉である。

あれが、最後のお言葉だったとは……。

殿は、ご自分がもう永《なが》くないことを知っておられたのであろうか……。

あとを頼むとは、重直公に尽くせという意味なのであろうか、それとも、藩全体に目を光らせ、なんとしてでも、南部藩十万石を死守せよという意味なのであろうか……。

兵庫の胸が熱いもので一杯になった。

殿、それがしもお供しとうございました……。

兵庫の頰を再び涙が伝った。

第二章　御預人《おあずかりびと》

寛永九年（一六三二）十月、重直は幕府より裁可《さいか》が下り、南部藩二代目藩主となった。

と同時に、慶長二年（一五九七）に着工した盛岡城がやっと完成をみることとなったのである。

なんと、信直が三戸から不来方《こずかた》に居城を移すべく築城を手掛け、その後、利直が跡を引き継いでから三十五年……。

皮肉にも、利直が没した直後に完成をみたのである。

重直は十一月一日、公儀に跡目相続の御礼登城《おんれいとじょう》をした。

南部藩二代目が重直なら、家光《いえみつ》も三代目将軍を継承したばかり……。

家光と重直は共に気随《きずい》な気質で、家臣に対して強硬《きようこう》な姿勢を取るところが、どこかしら似ているといえば似ていた。

翌年（寛永十年）、幕府より南部藩は十万石の軍役《ぐんえき》と定められるや、重直は江戸にいながらも次々に国許《くにもと》に通達を発した。

重直は七戸隼人正《はやとのしよう》直時、毛馬内三左衛門《けばないさんざえもん》、楢山五左衛門《ならやまござえもん》、石亀七左衛門《いしがめしちざえもん》、石井伊賀《いしいいが》直弥《なおや》の五

名を残しただけで、利直治世の家老、重臣を一掃《いっそう》してしまったのである。

つまり、信直、利直時代に藩の基礎を築いてきた北信愛、桜庭直綱たち高禄《こうろく》を食《は》む家老たちを排除《はいじょ》したのである。

まさか、重直は家光が大御所時代の重臣土井《どい》利勝《としかつ》や酒井《さかい》忠勝《ただかつ》を切り、松平信綱《まつだいらのぶつな》、阿部《あべ》忠秋《ただあき》、太《おお》田《た》資宗《すけむね》、阿部重次《しげつぐ》らを小姓番頭《こしょうばんがしら》に任じ、堀田《ほった》正盛《まさもり》や三浦《みうら》正次《まさつぐ》を加えた六人衆《ろくにんしゅう》（後の若年寄）を登《とう》用《よう》し、幕政運営の体制を変えようとしたことに倣《なら》ったわけでもないのだろうが、国許では危惧《きぐ》していたことが現実のものとなり、戦々恐々《せんせんきょうきょう》となった。

町奉行が創設されたのも、この年の四月のことで、町奉行に儀俄《ぎが》十右衛門《じゅうえもん》と石亀式部《しきぶ》が命じられた。

これには、城下の治安をより強固なものとする意図《いと》があった。

重直が初めて盛岡に入封したのは、五月八日のことである。

重直は北信愛らが抜けたあとの家老に、毛馬内九左衛門《きゅうざえもん》、奥瀬《おくせ》治太夫《じだゆう》、漆戸《うるしど》勘左衛門《かんざえもん》、桜庭兵《へい》助由之《すけよしゆき》、八戸弥次郎らを据え、利直とはまた違った藩政を施行《しこう》しようとした。

そして、少なからず大奥にも異変があった。

父利直の時代からいた側室を悉《ことごと》く出家させ、大奥に新《あら》たに側室を入れたのである。

が、どういう理由《わけ》か、義弟《おとうと》彦六郎の生母慈徳院《じとくいん》（松）と仙寿院《せんじゅいん》（中里《なかざと》数馬の生母）だけは二の丸御隠居部屋に留《と》め置かれた。

と言うのも、この二人は重直とは異母兄弟の男子を産んでいたからである。

そうして、重直の家臣への粛清《しゅくせい》はそれだけに留《とど》まらなかった。

重直のやり方に異を唱《とな》える家臣は直ちに排斥《はいせき》され、召し上げた家禄を江戸や京から呼び寄せた芸能、芸術の師に使うことで、盛岡の風俗を風雅《ふうが》なものに改めようと躍起《やっき》になったのである。

当然、湯水のごとく金が消えていった。

が、家光から南部の本領安堵を正式に受けた重直は、これにより、南部十郡（北、三戸、二戸、九戸、鹿角、閉伊、岩手、志和、稗貫、和賀）を約束されたとあって、兵庫ら御側用人の諫言《かんげん》など意に介さず……。

翌年（寛永十一年）の三月、重直は参勤で家光に御目見得《おめみえ》するや、七月には家光の上洛参内《じょうらくさんだい》の先峰《せんぽう》を命じられ、供奉《ぐぶ》行列の七番手を務めた。

総勢三十万人といわれたこの大行列は、徳川の権力を世に知らしめるためのものであり、南部藩がその七番手を務めたのであるから、重直は鼻高々……。

ところが、重直が盛岡を留守にしていたこのとき、本丸の櫓《やぐら》に落雷があり、楼閣《ろうかく》を全焼、累代《るいだい》の重宝《ちょうほう》、書物多数を焼失したばかりか、蔵に延焼するや、格納していた火薬が爆発し、死傷者まで出してしまったのである。

重直は江戸にてこの報を受け、その年の十二月に帰国するや、御《お》納戸《なんど》方《かた》、御《お》小《こ》納戸《なんど》方《かた》に懲罰《ちょうばつ》を科《か》し、頭取《とうどり》を降格、当直だった平士三名の禄を召し上げた。

そうして、本丸の仮御殿《かりごてん》として、場外に御新丸御殿《ごしんまるごてん》の造営が計画されたのである。

兵庫はその図面を目にして、絶句した。

地形《じがた》奉行に四戸清兵衛《しのへせいべえ》、そして御作業《おさぎょう》奉行に松田古六《まつだころく》を据えて造営されるこの御殿は、なんと、重直の好みでより華美《かび》を尽くし、本丸にも勝《まさ》る御殿ではないか……。

ここまで来ると、兵庫としても座視《ざし》しているわけにはいかなくなった。

落雷は予測できないものであり、謂《い》わば天災……。

それなのに、蔵の監督不行き届きと御納戸方の役人の禄を召し上げ、一方では、御新丸御殿造営に贅を凝らそうとしているのであるから、どう考えても理不尽である。

確かに、本丸を焼失してしまったのであるから、代わりとなる御殿が入り用となる。

が、そこまで仮御殿を華美にしてよいものだろうか……。

兵庫は意を決して、重直に直諫《ちょっかん》した。

「恐れながら申し上げます。此度の御新丸御殿造営計画は本丸を焼失してしまったので致し方のないことと存じます。ですが、本丸をこのままというわけにもいかず、いずれ再建なされるというのに、図面を拝見いたしましたところ、随分と豪華な御殿……。御新丸造営にかように贅を尽くしてよいものでしょうか……。いえ、それがしは費用のことだけを言っているのではないのです。此度、殿が御納戸方に下された懲罰の数々……。いえ、それだけではありません。利直公の頃からの重臣の首をすげ替えられたばかりか、先代の息のかかったものを次々と排除され、そこまでして藩政の改革をなされようとしておられるのに、一方で、金に糸目をつけずに御新丸造営をなされようとされてみたり、江戸や京から文人や粋方《すいほう》(粋人)を招聘《しょうへい》なされるのはいかがなものかと……」

重直の顔からさっと色が失《う》せた。

「慎《つつし》め！　そなた、誰に向かってものを言っておる！　余はそなたごときから意見される覚えはない！」

「解っております。解っておりますが、殿のお側近くに仕える者として、失礼を承知のうえ、苦渋《じゅう》の決意で言わせていただきます。藩は言ってみれば一族であり、家族です。その頂点に立たれる殿は、謂わば、親方でもあり親そのもの……。我ら家臣は殿のお命に従い、藩を守《も》り立てようと日々努めております。ですから、失態《しったい》を犯せば謹《つつし》んでお叱りも受けましょう。ですが、先代の息がかかった家臣だからとか、気に染まないからとか、はたまた、抗《あらが》いようもない天災で火を出したからといって禄を召し上げられたのでは、家臣は戦《おのの》くばかりです……。どうか、お考え直し下さいますよう……」

重直は腕を組み、眉ひとつ動かすことなく、唇をへの字に曲げていた。

「…………」

兵庫が恐る恐る重直を窺《つ》い見る。

重直は徐《おもむろ》に片目をつと吊り上げると、じろりと兵庫を睨《ね》めつけた。

「余が間違《まちご》うていた……」

「…………」

では、重直は解ってくれたのであろうか……。

兵庫がそう思ったとき、重直は感情を圧《お》し殺し、乾いた声で言った。

「そなたは余が先代の息のかかった家臣を排除したと申したが、真っ先にそなたを排除しなかったのは余の失態……。桜木兵庫、以後、登城することは許さぬ！　沙汰は追って知らせる」

重直はぞん気にそう言うと、むんずと立ち上がった。

傍にいた家老の七戸直時が慌てる。

「お待ち下さいませ！　殿、桜木どのは利直公より殿のお側近くで支えるようにと申しつけられております る。桜木どのを外すということは、先代を愚弄《ぐろう》するにも等しく、どうか、お考え直しを……」

「愚弄したのはどっちだ！　二度と顔を見たくない。下がれ！」

「ははァ……」

兵庫は深々と頭を下げた。

こうなることは解っていた。

解ってはいたが、誰かが口に出して言わなければ……。

お諫めして、殿の逆鱗《げきりん》に触れることになったとしても、せめて、家臣の想いを殿が頭の片隅にでも留めて下されば……。

兵庫は腰を落としたまま後退《あとじさ》った。

七戸直時が追いかけてくる。

「桜木どの、思い切ったことを……。殿のご気性を知っておられるであろうに……。殿は一旦言い出されたら五分《ごぶ》でも退《ひ》かれぬお方だ。それに、代々、三戸南部の重臣を務めてきた桜木家が、これで終わってよいはずがない！　それがしが殿をなんとか取りなし、禄を召し上げることだけは避けるので、役宅に戻って沙汰を待つのだ。いいな、くれぐれも短慮《たんりょ》に走るでないぞ！　そなた、我が身のこともさりながら、嫡男、弥兵庫のことを考えるのだ」

直時の言葉に、兵庫は強《したた》かに頬を打たれたように思った。

そうだった……。

弥兵庫の先行きを考えてやらなければならなかったのだ……。


「旦那さま、どうかなさいまして？」

式台まで迎えに出た基世が、兵庫の青ざめた顔を見て、眉根を寄せた。

「………」

兵庫が無言で長太刀《ながたち》を基世に手渡す。

「弥兵庫が既に戻っていますが、呼びましょうか」

勘のよい基世が、何事かあったと察し、兵庫を窺う。

「ああ、書斎に来るように伝えてくれ」

「お話があるのですね？　その前に、お着替えを……」

基世は居間の刀架《かたなか》けに長太刀と小太刀《こだち》を架《か》けると、兵庫を寝所に促《うなが》した。

「綺良はまだ、生花《いけばな》の稽古から戻っていませんのよ……」

基世が兵庫の肩に常着《つねぎ》を着せかけながら呟く。

「現在《いま》はまだ、綺良に話すことはない」

「では、わたくしも遠慮いたしましょう」

「いや、おまえには聞いてほしい……」

兵庫は紬《つむぎ》の着物に真田《さなだ》帯《おび》をきりりと締めると、書斎に入って行った。

暫《しばら》くして、弥兵庫が書斎に入って来る。

「お呼びだそうですが、何か……」

「まあ、坐れ」

弥兵庫が緊張した面差しで、兵庫と向かい合わせに坐る。

そこに、基世が茶を運んで来た。

「茶などよいから、おまえも坐りなさい」

基世は訝しそうな顔をして、弥兵庫の隣に坐った。

「実は、かねてより懸念《けねん》していたことや心を痛めてきたことを、今日、思い切って殿に申し上げたのだ」

あっと、弥兵庫が息を呑む。

「それで、殿は……」

「残念ながら、聞く耳を持たれなかった……。これまで先代の息のかかった家臣を排除してきたが、そなたを一等最初に排除しなかったのが己《おのれ》の失態だったと……」

「排除……。殿が旦那さまを排除するとおっしゃったのですか！　と言うことは、禄を召し上げられるということ……。まあ、どうしましょう。そうなれば、弥兵庫はどうなるのですか？　綺良やわたくしはこの役宅を出て行かなくてはならないのですか？」

基世が悲痛の声を上げる。

「いや、まだ解らぬ。沙汰は追って言い渡すと言われたのでな……。七戸直時どのが間に入ってなんとか取りなして下さるそうだが、殿のあのご気性からして、お構いなしでは済まないであろう……」

「それが解っていて、何ゆえ、殿にそのようなことを言われたのですか！　旦那さまがお諫めしたからといって、あの方の気随が直るわけでもありませんのに……。いくら利直公から殿のことを頼むと言われたからといっても、放っておけばよかったのですよ！　第一、弥兵庫の処遇はどうなるのでしょう。桜木家が禄を失うことになっては、前途が絶たれたのも同然……。今となっては、弥次郎のように他家に養子に入ることもままならないのですからね！」

次第に感情が昂《たか》ぶってきたのか、基世がぶるぶると身体を顫《ふる》わせる。

「弥兵庫、済まない……」

兵庫が威儀を正し、深々と頭を下げる。

「父上、頭をお上げ下され。わたくしは父上が殿に諫言されたことを誇りに思っています。誰かが言わなければならなかったのです。現在《いま》は殿もご立腹と思いますが、家臣の想いを耳にして、忸怩《じくじ》たるものがあったと思います。何も感じないようでは、それこそ、人の上に立つ資質はないと……。我が殿はそこまで知恵の廻《まわ》らないお方ではないはずです。ですから、わたくしは禄を減らされようと、はたまた、失うようなことになったとしても動じません。そうなれば、学問の道に進めばよいし、それも叶わぬようなら、百姓にだってなりましょうぞ！」

「弥兵庫、そなたはなんということを！　いいですか？　桜木家は信直さまの頃からの重臣……。いいえ、もっと以前の政康《まさやす》さまの代から三戸南部家に仕えてきたのですからね。わたくしの実家北《さときた》里《さと》家もそうです。そんな由緒《ゆいしょ》ある家柄だというのに、何が哀《かな》しくて百姓になんか！　口が裂けても、母の前でそのようなことを言わないで下さいませ」

基世が甲張ったように鳴り立てる。

「基世、止しなさい！　弥兵庫はそれだけの覚悟があると言っているだけなのだ……。それに、まだ沙汰は下りていない。屹度《きっと》謹慎《きんしん》で済むかもしれないのだからよ」

「そんな軽い仕置《しおき》で済めばよいのですが……。それで、このことを綺良にはなんと伝えましょうか」

基世が困じ果てたように兵庫を見る。

兵庫は暫《しば》し考えた。

「まだ沙汰が下りたわけではないので、現在《いま》の段階で話して、みだりに不安がらせることはないのだが、人の口に戸は立てられないからな。井筒屋の口から耳に入るより、綺良にありのままを話しておいたほうがよいと思うのだが……」

「わたくしもそう思います。どのような沙汰が下りようと、いきなりよりも、前もって腹を括《くく》っておいたほうがよいかと……」

弥兵庫がそう言ったときである。

廊下で軽《かろ》やかな足音がしたかと思うと、すっと襖《ふすま》が開いた。

「ああ、やっぱりここだった！　皆さん、何故こんなところにいるの？　綺良を除《の》け者にして、親子三人で内緒話なんて嫌ですからね！」

綺良が満面に笑みを湛《たた》え、書斎に入って来る。

余程、愉《たの》しいことがあったようである。

「ねっ、聞いて下さいな！　わたくし、今日、いいことを聞きましたの……。ねっ、なんだか解ります？　ふふっ、解らないでしょうね。本当は秘密にしておきたいのだけど、あんまし可笑《おか》しいので教えて上げますね。あらっ、皆、どうしたの？　深刻な顔をして……」

綺良が皆の顔を見廻し、怪訝《けげん》そうに首を傾げる。

「綺良、いいからお坐りなさい」

基世に言われ、綺良がそろりと腰を下ろす。

「実は、桜木家に大変なことが起こりました……」

「ああ、それはわたしの口から話そう。いいか、綺良、心を平静に保って聞くのだ……」

兵庫が重直との間であったことを話し、この先どう展開しようと、綺良のことは身を挺《てい》して護《まも》るので安心しているようにと告げる。

「…………」

綺良は基世のように取り乱すことなく、黙って聞いていた。

「どうしました？　何故、何も言わないのですか？」

基世が気遣わしそうに訊ねる。

恐らく、基世は綺良が衝撃のあまり言葉を失ったと思ったのであろう。

が、綺良は真っ直ぐに兵庫を瞠めると、頷いてみせた。

「解りました。綺良は何があろうとも、お父さまについていきます」

「綺良、桜木家は禄を失うかもしれないのですよ！　この屋敷を出て行かなくてはならなくなるかもしれないというのに、その覚悟が出来ているというのですね？」

基世が信じられないといった顔をして、綺良の顔を覗き込む。

「ええ。今更《いまさら》じたばたしても仕方がありませんもの……」

「よし、よく言った！　それでこそ、我が妹、綺良だ」

弥兵庫が頼もしそうに目を細める。

「では、綺良の話を聞こうではないか……。可笑しいこととは、一体何だ？」

あっと、綺良は狼狽《うろた》えた。

桜木家が禄召し上げになるかもしれないというのに、現在《いま》、井筒屋の美郷が弥兵庫に想いを寄せているとは言い出せないではないか……。

生花の稽古を終えて、帰り仕度《じたく》をしているときのことである。

「綺良さんのお兄さまは幾つだったかしら？」

美郷が小声で囁いた。

「えっ、お兄さまって、弥兵庫兄さまのことかしら？　それとも、弥次郎兄さま？」

「嫌だわ、綺良さんったら！　弥次郎さまは既に、所帯を持たれているではないですか……。あたしが訊いているのは、上のお兄さまよ」

「わたくしより九歳年上なので、年が明けて二十七歳になったばかりですけど、それがどうかしまして？」

綺良が訝しそうに言うと、美郷は頬にさっと紅葉《もみじ》を散らした。

「そう、二十七……。あたしが十九歳だから、歳だけ見ると、さほど不自然でもないのよね」

「不自然でないって……。えっ、まさか……。美郷さま、お兄さまのことを？」

綺良がそう言うと、美郷はますます紅くなった。

「ええ、そうよ。隠したところでしょうがないから綺良さんには打ち明けるけど、実は、あたしに縁談があるの……。ほら、あたしは一人娘でしょう？　いずれ、どなたかを婿に取らなければならないのだけど、京の染物問屋の次男坊との話が持ち上がったものだから、お父さまがすっかりその気になって……。現在《いま》のお殿さまは京のものならなんでもお好きでしょう？　あたしが京の染物問屋の次男と所帯を持てば、井筒屋は現在《いま》よりうんと上物《じょうもの》を仕入れることが出来るようになり、そうなれば、大奥へのご用も増えるだろうって……。でもね、その男《ひと》の歳を聞いて、あたし、思わず言葉を失ってしまったの。だって、三十五歳だというのよ。なんでも、一度、京の小間物屋の入り婿に入ったのだけど、離縁されたのですって。あたし、そんな男《ひと》は嫌！　それで渋《しぶ》っていたら、他に誰か好きな男《ひと》がいるのかと訊かれ、そのとき、ふっと弥兵庫さまの顔が頭を過《よ》ぎったの……。胸がきやりと高鳴ったわ！　ああ、あたしは弥兵庫さまのことが好きだったのだ……と。だから、そのときになって初めて、自分の気持に気づいたってわけ……。それからというもの、寝ても覚めても弥兵庫さまのことが頭から離れなくなり、胸がキュッと痛くなるの……。ああ、綺良さん、どうしましょう……。この想いを弥兵庫さまに打ち明けてしまおうかしら……」

綺良は挙措《きよそ》を失った。

まさか、美郷がそんなことを言い出すとは……。

弥兵庫と美郷が結ばれることなど、夢のまた夢……。

弥兵庫は武家の嫡男として嫁を取り、桜木の家督を継がなければならないが、美郷もまた、商《あきん》人《ど》の一人娘として婿を取り、井筒屋を継いでいかなければならないのである。

身分の違いだけなら、縁組をするにはそれなりの方法もあるのだが、どちらも家督を継がなければならないとあっては、いかんともしがたい。

「そうよね。駄目に決まってるわよね？　あたしが弥兵庫さまのことをお慕《した》いするなんて、それこそ、お月さまに石打《いしうち》……」

「いえ、そういうことではなくて……」

「解ってるってば！　けれどもね、叶わぬ恋と解れば解るほど、人ってますます相手が恋しくなるもの……。でも、綺良さんに打ち明けたら、なんだか、胸がすっきりした！　誰か一人でも、あたしの気持を知ってくれていると思うと、それだけで気持が安らぎますものね……」

どうやら、美郷は叶わぬ恋と己に言い聞かせるつもりで、敢えて、綺良に胸の内を明かしたとみえる。

お月さまに石打……。

綺良の胸もじくりと疼《うず》いた。

綺良が彦六郎に恋することこそ、お月さまに石打といってもよいのである。

綺良は美郷の気持は秘密にしておこうと思った。

が、美郷と別れての帰り道、いっそ美郷の想いを皆の前で笑い話にしてしまったほうが、すっきりするのではなかろうかと考えたのである。

だが、今となっては、そんなことが口に出来るわけがない……。

「えっ、わたくし、何か言いましたっけ？　お父さまの話にあんまし驚いたものだから、何を言いたかったのか、きれいさっぱり忘れてしまいましたわ」

綺良が空惚《そらとぼ》けてみせる。

「忘れるほどですもの、どうせ大した話ではなかったのでしょうよ……」

基世は白《しら》けた顔で言い、ふうと太息《ふといき》を吐いた。

桜木兵庫の処遇が決まったのは、三日後のことである。

「済まない……。なんとか禄召し上げだけは避けることが出来たのだが、殿のお怒りが収まらず、なんとしてでも石取りはならぬと言われるものだから、扶持《ふち》取《ど》りであっても、せめて桜木家に相応しい役職をと思い、御使者小者《おししゃこもの》を当てることにした。不服なのは重々《じゅうじゅう》承知《しょうち》……。桜木どの、本当に申し訳ない……」

七戸直時は兵庫と弥兵庫の前で平身低頭《へいしんていとう》して謝った。

「直時どの、どうか頭をお上げ下さいませ。それがしの僭越《せんえつ》なる振る舞いに、禄を失っても致し方ないところを御使者小者三十五石を約束して下さり、まことに以《もっ》て恐縮至極《きょうしゅくしごく》にございます」

兵庫が直時に頭を上げるようにと促す。

「だが、このことで、兵庫どのは退隠《たいいん》、弥兵庫どのが家督を継ぐことになるのだが、それで宜しいのかな？」

直時が兵庫の腹を探ろうと睨めつける。

「勿論、異存はございません。かねてより、そろそろその時期かと考えておりました。ただ、父としましては、身分を平士に下げて息子に家督を譲ることになり、忸怩たる想いでおりますが、弥兵庫もそのことはよく理解してくれておりますゆえ、それがしとしては、なんら不服はございません」

「そうか……。そう思って下されば、ひとまずは安堵というもの……。なに、元々、桜木家は重臣の家柄……。この先、いつ殿のお怒りが和《やわ》らぐやもしれぬし、手柄《てがら》の一つでも挙げれば、すぐに元の家督を取り戻せると思う……。よって、何事も辛抱の棒が大事と耐えられよ。そこでだ、御使者の務めを説明するが、つまり、部署から部署への伝達を旨とするが、御使者頭取小柴《こしば》どのの話では、弥兵庫どのには主に御預人《おあずかりびと》の世話を委《まか》せたいとのことでよ……。現在《いま》、下小路《したこうじ》に栗山《くりやま》大膳《だいぜん》どのが住まわれているが、当然、栗山どののことはご存知であろうな？」

直時が弥兵庫を食い入るように見る。

「はい。栗山どのが盛岡に御預けとなられたのが、二年前のこと……。福岡黒田藩《ふくおかくろだはん》の危機を救うべく敢えて泥を被《かぶ》ったお方と聞いておりましたが、本当に、わたくしにあの方のお世話が出来るのでしょうか。身に余る光栄にございます。父上、わたくしはなんという果報者なのでしょう！あの方のお側近くにいて、何かと知識を得ることができるとは……」

弥兵庫が目を輝かせる。

兵庫は慌てて目で制した。

「そなた、我々が現在《いま》どのような立場に置かれているのか解っているのであろうな！」

「はっ……。申し訳ございません」

直時はくくっと肩を揺すった。

「兵庫どの、まあ、よいではないか……。それがしも些か片腹痛い想いで上意を伝えに参ったのであるが、弥兵庫どのにそのように悦《よろこ》んでいただけ、胸を撫で下ろしましたぞ。だが、ここでもう一つ伝えなければならないことがある……」

直時はそう言うと、改まったように兵庫と弥兵庫を見た。

二人の顔にさっと緊張の色が走る。

「とおっしゃいますと？」

兵庫が気遣わしそうな顔をして訊ねる。

「娘御は幾つになられたかのっ？」

「綺良にございますか？　年が明け、十八歳になりましたが、それが何か……」

「十八歳。成程、それで彦六郎さまが娘御の名を挙げられたのか……」

「彦六郎さまが綺良の名を？　一体、それは……」

兵庫が訝しそうな顔をする。

「実は、綺良どのを大奥に出仕《しゅつし》させてはどうかという話が出ていてな……。いや、誤解してもらっては困る。決して、殿の側室にというわけではなく、お女中としてなのだが……。と言うのも、現在《いま》、大奥にはお陽《よう》の方、お亀《かめ》の方、お里《さと》の方ほか数名の側室がおられ、二の丸には慈徳院さま、つまり、彦六郎さまのご生母と、仙寿院さま、この方は殿の義弟《おとうと》に当たる数馬さまのご生母なのだが、この方々のお世話をするお女中が数名仕えている……。ところが、現在《いま》でも女手《おんなで》の足りない大奥に、此度、江戸より最上奥が下られることになってな……。恐らく、兵庫どのは知っておられようが、この方は十数年前から江戸中屋敷におられたのだが、殿の寵愛を盾にして贅沢の限りを尽くされ、殿もどういう理由《わけ》か、最上奥の言いなりとあって、此度、最上奥が国許に入られることをお許しになったというわけでよ……。おっ、その面差しを見ると、二人とも、最上奥の噂を既に耳に入れているとみえるな？　ならば、話は早い……。最上奥が盛岡城に入られる前に、是非ともお女中の数を増やしておきたいと思ってよ……。とは言え、誰でもよいというわけにはいかない。そこで、白羽《しらは》の矢が立ったのが、桜木どののご息女と、白河《しらかわ》どののご息女ということでな。桜木家が扶持取りとなったからには、綺良どのもこれまで通りの暮らし向きとはいかなくなった……。そこでだ……、どうであろう？　綺良どのに平士の質朴《しつぼく》とした暮らしをさせるよりも、大奥に数年仕え、いずれ、よき嫁ぎ先を見つけて嫁に出すというのは……」

直時が兵庫の腹を探ろうと、目を据える。

「よく解りました。だが、これぱかりは本人の気持を確かめませんと、しかとしたことはお答え出来かねます。暫《しばら》く猶予《ゆうよ》を頂きとうございます。それで、一つお訊きしたいのですが、綺良が大奥に上がるとしましたら、どなたのお世話をすることになるのでしょうか……」

兵庫が気を兼ねたように訊ねる。

「成程、最上奥のお世話をすることになるかもしれないと、それを案じておられるのですね？　いや、それはまだ判らない。最上奥が綺良どのを気に入られれば、その配下にということになるが、これぱかりは……」

直時が困じ果てた顔をする。

「解りました。現在《いま》の桜木家は主家のご命をお断りする立場にありません。ですが、当家では何事も本人の気持を重んじることにしていますゆえ、綺良の腹を確かめてから、正式に返事をしたいと思っています。それで宜しいでしょうか」

「ああ、それで構わない。では、それがしはお暇《いとま》することにするが、三日以内に役宅から組屋敷へと移ってほしい……。急《せ》かせるようで申し訳ないが、これも決まりなので許してほしい」

直時はそう言うと、仁王小路の屋敷を去って行った。

基世と綺良は居間に呼ばれ、兵庫の口から藩の沙汰を聞くこととなった。

「弥兵庫が御使者小者で、桜木家の家格が三十五石ですって！　そんな莫迦なこと……」

基世は色を失い、わなわなと身体を顫わせた。

基世が取り乱したのも無理はない。

盛岡藩では、諸士は三百石格、二百石格、百石格、五十石格に分けられ、五十石以上の武士には軍役という格式による家業、用人、徒士、武具、備え物、調度品の常備が義務づけられ、これを石取りという。

一方、五十石に満たない下級武士を扶持取りと呼び、石取りとは明らかに区別されていたのである。

「基世、まあ、気を鎮めなさい……。禄召し上げにならなかっただけでも有難いと思わなくてはならない。しかも、ただの御使者ではなく、弥兵庫は栗山大膳さまの手脚となり、お尽くしすることが出来るのだからよ。これほど祝着《しゅうちゃく》なことがあろうか……。栗山さまは長政《ながまさ》さまの代から黒田家に仕えてきたが、忠之《ただゆき》さまの代となり、下手《へた》をすれば藩がお取り潰《つぶ》しになるところを、家老の栗山さまが一計《いっけい》を案じ、主人《あるじ》に対する反逆の罪に問われながらも、敢えて己が泥を被り、黒田藩を救われたお方……。弥兵庫など、そんなお方に尽くせるのは身に余る光栄と思っているそうだ。なっ、弥兵庫、そうだな？」

「はい。気随で何を考えているのか解りかねる殿のお側に仕えるより、栗山さまにお仕えすることのほうが、わたくしにとってどれだけ有難いことか……」

「これ、弥兵庫、言葉が過ぎるぞ！」

兵庫が鋭い目で、弥兵庫を制す。

「二人とも、後生楽《ごしょうらく》にもほどがあります！　三百石と高知《たかじ》の次に数えられる桜木が、五十石以下の扶持取りですって？　わたくしは承服《しょうふく》しかねます。綺良、おまえだってそうでしょう？　扶持取りでは、これまでのようにお稽古事にも通えなくなるのですよ。それどころか、まともな縁談にも恵まれない……。旦那さま、現在《いま》からでも遅くはありません！　七戸さまを追いかけていき、承服しかねると申し立てて下さいませ！」

基世が鳴り立てる。

「莫迦なことを言うものではない！」

「では、旦那さまは綺良がどうなっても構わないと言われるのですか！　可哀相に、この娘《こ》……。これまで井筒屋のお嬢さまと親しくさせてもらってきたというのに、三十五石の扶持取りでは、今後は相手にしてもらえなくなるのですからね」

「お母さま、もう止して！　綺良はいいの。綺良はどんな形であれ、お父さまについて行くと決めたのですもの……。それに、美郷さまは桜木が扶持取りになったからといって、掌《てのひら》を返すようなお方ではありません。確かに、これまでのようにお稽古事に通えなくなるかもしれません。けれども、心さえ通じ合っていれば、これまでと変わらず美郷さまとは友でいられます。だから、わたくしのことは心配なさらないで下さいませ……」

綺良が基世の背中を抱え込むようにして言う。

「綺良、そのことなのだが……。実は、直時どのから綺良に大奥に入る気はないかと打診されてな」

兵庫がそう言うと、基世がさっと顔を強張《こわば》らせた。

「大奥ですって！　では、綺良を殿の側室に差し出せと？　そんな莫迦なことがあるものですか！　そんなことをしたのでは、桜木は零落《おちぶ》れたために娘を身売りさせたのかと世間に後《うし》ろ指《さ》を指されます。殿は桜木をどこまでいたぶれば気がお済みか！　嫌です。わたくしは断じて許しません」

兵庫が弱りきったように苦笑いする。

「まあ、最後まで話を聞きなさい。実は、此度、江戸より最上奥が盛岡入りをなさるそうでな。そうなれば、現在《いま》でさえ女手の足りない大奥に人手《ひとで》が要《い》ることになる……。綺良は殿の側室として大奥に上がるのではなく、お女中としてなのだ。これまでも、大奥のお女中は武家の女ごが行儀見習のために上がってきた……。となれば、今後、稽古事に通うのが難しくなった綺良には打ってつけともいえよう……」

「お女中として……。これまでも武家の女ごが行儀見習のために大奥に上がっていたというのですね？」

基世が目をまじくじさせる。

「ああ、そうだ。それに考えてもみなさい。仮に、綺良が最上奥の下に就《つ》くことになれば、あの方は江戸の風雅《ふうが》を身につけておられる……。美郷どのから京の雅《みやび》を垣間《かいま》見させてもらった綺良が、今後は、江戸の華やかさに触れてみるのもよいのではなかろうか……。そう、わたしには思えてきてよ……」

「江戸の風雅といったって、ふン、あの方は遊女上がりではないですか！」

基世が憎体《にくてい》に言う。

「基世！」

兵庫はきっと基世を制し、綺良に目を据えた。

「それに、綺良を大奥のお女中にと推挙されたのは、彦六郎さまだとか……。彦六郎さまは幼い頃より綺良のことを見て来られたので、それで、この女ごなら、と推挙されたのであろう」

綺良の胸が激しく高鳴る。

彦六郎さまがわたくしを大奥にと……。

大奥に入るということは、内丸に入るということ……。

もしかすると、現在《いま》は内丸の七戸家に御預けの彦六郎さまに逢えるかもしれない。

ああ、彦六郎さまもそれを願って、わたくしを大奥へと推挙して下さったのだ！

綺良は顔を上げ、真っ直ぐに兵庫を見た。

「お父さま、綺良は大奥に上がりとうございます」

あっと、兵庫と弥兵庫が顔を見合わせる。

それは、驚きと安堵、懼《おそ》れの綯《な》い交ぜになった表情……。

「綺良ったら！　まあ、どうしましょう。ねっ、旦那さま、弥兵庫、本当にそれでよいのですか？」

どうやら、基世だけがまだ釈然としないとみえ、おろおろと三人の顔を見比べている。

兵庫は意を決したように、皆を見廻した。

「綺良がそうしたいというのであれば、わたしたちは見守るしかないだろう。綺良、もう一度訊くが、本当に、それでいいのだね？」

「はい」

綺良の心に迷いはなかった。


二日後、桜木家は外加賀野小路《そとかがのこうじ》の組屋敷に家移りした。

これまでの役宅は城を挟んで西にあったが、外加賀野小路は城の東に当たり、真反対の方向に移ったことになる。

中津川を挟んだ西側には下小路《したこうじ》があり、その道を北東へと進めば、愛宕山《あたごやま》……。

そして、北西に聳《そび》えるのが岩手山……。

現在《いま》は一月とあり、岩手山は白く雪に包まれていた。

山があり川が流れ、整然と五の字に並ぶ町並に、城を取り囲む緑の木々……。

盛岡はなんと美しい城下なのであろう。

とは言え、広々とした役宅から僅《わず》か六畳二間の組屋敷に居を移した桜木家の誰もが、その狭《せま》さに思わず息を呑み、肩息《かたいき》を吐いた。

「こったに狭《せめ》ェところに、不憫《ふびん》だなす……」

仁王小路からついて来た婢《はしため》のおときが、今にも泣き出しそうな顔をする。

嘗《かつ》ては何人もいた若党《わかとう》、従僕《じゅうぼく》、婢の悉《ことごと》くには暇を出したが、おときだけは、暇を出されても行く宛《あて》がない、お飯《まんま》だけ食べさせてもらえば給金は要らない、せめて、奥さまの世話をさせてくれないか、と畳《たたみ》に頭を擦《す》りつけるようにして懇願《こんがん》したため、これまで家事仕事など一切《いっさい》したことのない基世を気遣い、供をさせることにしたのだった。

「なに、綺良は明日より大奥に上がるのだ。それに、弥兵庫は殆《ほとん》ど家にいることがない。二間もあれば、親子三人が充分暮らしていけるというもの……。それより、おとき、おまえはどこで寝る？」

兵庫がそう言うと、おときは、なんのごどォねえ……、と答えた。

「おらのことなど心配《しんぺえ》しねえでええよ。くどぅ（竈《かまど》）のすまっこ（隅《すみ》）にどもつどぅ（藁《わら》で作った袋）敷《し》いて寝っ転がんす」

「それは駄目だ！　おときにそんなことをさせるわけにはいかない。父上、こうしたらどうでしょう。奥の六畳間に父上と母上、そしてわたしの三人が寝て、厨側《くりや》の六畳間を居間兼食間に使うことにして、夜分はおときがそこで寝ることにしては……」

弥兵庫が妙案とばかりに言う。

「おお、それがよい！　わたしたち親子は一部屋あれば用が足りるからな」

兵庫が目から鱗《うろこ》が落ちたような顔をする。

が、基世は不貞腐《ふてくさ》れたような顔をしていた。

「旦那さまは少しの辛抱だと言われますけど、本当にわたくしたちがここから抜け出す日が来るのでしょうか……。第一、綺良が宿下《やどさ》がりして来るようなことがあっても、寝る場所がないではありませんか！」

「あら、お母さま、大丈夫ですわよ。仮に、そのようなことがあれば、わたくしはおときと一緒に休みますもの」

綺良があっけらかんとした口調《くちよう》で言う。

「へだら、荷物をどけるい（片づけ）やんしょ！」

おときが先頭に立ち、押し入れに蒲団《ふとん》を仕舞《しま》っていく。

「それにしても、父上の書物や家財道具を棚田《たなだ》さまがご自宅の蔵に預かって下さることになって良かったですね」

弥兵庫が書物を文机《ふづくえ》に並べながら言う。

「ああ、助かったよ。ここに運ぶわけにはいかないし、すべて処分することも考えたが、書物はわたしにとって大切なもの……。家財道具にしても、いつまた入り用になるか判らないのでな。棚田どのもそれを考慮し、蔵を貸して下さったのであろう」

「棚田さまは殿のお怒りは一時《いっとき》のもので、近いうちに桜木家が元の家禄を取り戻すと考えておいでなのでしょうか……」

「恐らくな」

すると、兵庫と弥兵庫の会話に耳を欹《そばだ》てていた基世が、木で鼻を括ったように言う。

「気休めも大概《たいがい》にして下さいな！　そんな日が来るわけがありません。第一、重直公が禄召し上げにした家臣や、謹慎を言い渡した家臣の中に、これまで一人でも元の役職に復帰した者がおりまして？　いないでしょう？　あの方は一旦言い出したら梃子《てこ》でも後に退かないお方……。生涯、桜木は扶持取りのままなんですよ！」

「基世、止さないか！」

兵庫が珍しく甲張った声で、基世を諫める。

「………」

基世は目尻を吊り上げると、隣の部屋に去って行った。

翌日、綺良は城に上がり、弥兵庫は御使者小者として初めて、下小路の栗山大膳の屋敷を訪ねることになった。

栗山大膳の屋敷は、二百石級の屋敷だった。

どこかしら、つい先日まで弥兵庫たちが住んでいた役宅に間取りが似ているような気がする。

玄関で訪いを入れると、恐らく筑前《ちくぜん》よりついて来たのであろう家臣が、お待ちしていました、と慇懃《いんぎん》に頭を下げた。

大膳が国許を旅立つ際、仙石角右衛門《せんごくかくえもん》と財津大右衛門《ざいつおおえもん》をはじめ数十名の家臣が随従《ずいじゅう》したと聞いていたが、では、この男は仙石なのだろうか、それとも財津……。

弥兵庫は客間ではなく、書斎に通された。

「おお、よくおいでになった。七戸どのから聞きましたぞ。今後、桜木どのがそれがしの遣いに立って下さるとのこと……。筑前より家臣を数名連れて来ているとはいえ、南部藩にとっては御預人……。当藩には手厚い待遇を受けているといっても、勝手気儘《かってきまま》に往来を歩くわけにはいかぬのでな……」

大膳は弥兵庫の姿を認めると、まるで十年来の知り合いでもあるかのように相好を崩し、傍に寄るようにと手招きをした。

「盛岡藩御使者小者、桜木弥兵庫にございます。なにぶん出仕したばかりとありまして、不手際《ふてぎわ》なことがあるやもしれませんが、心して務めますゆえ、なんなりとお申しつけ下さいませ」

弥兵庫が深々と頭を下げる。

「よいよい、堅苦しい挨拶《あいさつ》は抜きとしよう。ほう、そなたが桜木兵庫どののご子息とな……。なかなかよい面構《つらがま》えをしているではないか！」

「恐縮にございます」

「何ゆえ、そなたがそれがしの御使者となったと思う？」

「………」

大膳の問いに、弥兵庫がとほんとする。

「それがしが七戸どのに頼んだのよ」

「えっ……」

弥兵庫にはますます理由《わけ》が解らない。

大膳とは面識がないし、黒田藩とは接点が何ひとつないのである。

「その顔は合点《がてん》がいかぬという顔……。まっ、それもそうであろう。だが、それがしはそなたのことを、いや、父御《ててご》の兵庫どののことをよく知っている……。逢《お》うたことはないが、家臣の仙石より父御が重直公に理不尽な扱いを受けたと聞き及び、それがしも我がことのように胸を痛めたというわけでよ……」

ああ……、と弥兵庫ははと胸を突かれた。

大膳は兵庫が重直に諫言したことで重臣の座を追われることになったことと、黒田騒動で大膳が身を挺して黒田藩を救ったことを重ね合わせているのであろう。

栗山大膳は、筑前黒田藩五十二万石の筆頭《ひっとう》家老であった。

関ヶ原の合戦以来、大膳は黒田長政の片腕となり、黒田藩を盤石なものとしてきたのである。

ところが、長政没後に問題が起きた。

黒田藩は長政の死により嫡男の忠之が跡を継ぐこととなったが、幼き頃より人質生活で何度も死線を乗り越え戦国の世を勝ち抜いてきた長政に比べ、忠之は我儘《わがまま》で短気とあってこれまで度々《たびたび》問題を起こしていた。

忠之に不安を抱いた長政は幾たびも廃嫡《はいちゃく》を考えたが、それを止めたのが忠之の守り役の大膳だったという。

が、忠之の我儘は藩主になってからも止《とど》まるところを知らなかった。

家臣を無闇《むやみ》に制裁してみたり、近臣を集めて毎日酒宴を催《もよお》し、剛健《ごうけん》、質素を旨とする黒田家の家風は完全に無視されたのである。

大膳を始め重臣たちは何度も諫言したが、忠之は聞く耳持たず……。

折しも、世は家光の時代で、幕府は外様《とざま》大名の改易に躍起となっていた。

そんなときだけに、藩の醜聞《しゅうぶん》が公儀の耳に入るのだけは、なんとしてでも避けなければならない。

ところが、あろうことか、忠之は禁じられていた軍船の建造を手掛けてしまい、幕府からお咎《とが》めを受けることになったのである。

が、このときは大膳が幕府に謝罪を入れ、事なきを得たのであるが、忠之の乱行《らんぎょう》がそれで収まるというものではない。

忠之は藩主になる前から小姓として仕えていた倉八十太夫《くらはちじゅうだゆう》を偏愛《へんあい》し、禄高を九千石にまで加増したばかりか、独断で家老に執《と》り立てたのだった。

このことにより、十太夫の権威は藩随一《はんずいいち》となり、重臣たちは忠之と十太夫のやることに口を挟めなくなってしまったのである。

今や、この二人に諫言をなすのは大膳のみ……。

が、その大膳の諫言も、悉く退《しりぞ》けられてしまったのである。

とは言え、忠之が幕府に無断で新規に足軽二百人を抱え、一銃隊《いちじゅうたい》を編成し十太夫につけたとあっては、大膳も座視《ざし》しているわけにはいかなくなった。

軍船の建造同様に、大名が無断で城郭《じょうかく》の補修をしたり、士卒《しそつ》を雇い入れることが禁じられていたのである。

大膳は十太夫に頭を下げ、忠之に諫言書《かんげんしょ》を手渡してくれるように頼んだ。

ところが、十太夫はこれを握り潰したばかりか、大膳のことを忠之に讒言《ざんげん》してしまったのである。

このことで、忠之と大膳との間で修復できない亀裂が生じ、大膳は職を退《しりぞ》くと杷木志波《はきしわ》の左右《まて》良城《らじょう》に戻り、なんとか藩を取り潰すことなく急場を乗り切る方法をと考えた。

それには、自らが犠牲になり、幕府の重臣たちに権現（家康）さまと黒田長政の信頼関係を再認識させる以外に手がないのでは……。

と言うのも、長政は家康を天下人《てんかびと》に押し上げた最大の功労者として、家康から黒田家子々孫々《ししそんそん》まで疎略《そりゃく》に扱わないといった感状《かんじょう》を与えられていたからである。

寛永九年（一六三二）六月、大膳は九州大名の総目付竹中采女正《たけなかうねめのしょう》に、藩主に反逆の企《くわだ》てあり、と訴状《そじょう》を提出した。

無論、大膳自身が主君に対する反逆の罪に問われることは覚悟のうえである。

思惑《おもわく》通り、寛永十年（一六三三）三月、大膳は裁《さば》きを受けることに……。

が、大膳は裁きの場で諸老中を前に、

「御老中のご威光《いこう》によるご意見を頂く以外には、主《あるじ》忠之をして神君《しんくん》家康公のご厚志《こうし》を守り徹《とお》す方法見当たらず、公訴《こうそ》の手段を取りました。家康公のご意思を踏みにじってはなりません……」

と釘を刺すのを忘れなかった。

幕府の評定《ひょうじょう》は、「治世不行届《ちせいふゆきとどき》につき、筑前の領地召し上げ。但《ただ》し、父君《ふくん》長政の忠勤戦功《ちゅうきんせんこう》に対し、特別に旧領をそのまま与える」というもので、また大膳への裁可《さいか》は、「大膳は主君を直訴《じきそ》した罪で、奥州盛岡に配流《はいる》。百五十人扶持を生涯与える」というものであった。

こうして栗山大膳は盛岡藩の御預人となったのである。

大膳は妻女と次男吉次《きちじ》郎《ろう》を黒田家に人質として差し出すと、嫡男利周《としちか》を連れて盛岡に旅立った。

大膳、四十三歳のときのことである。

このとき供をしたのが、仙石や財津をはじめとした家臣数十名で、寛永十年（一六三三）三月の末、一行は盛岡の城下下小路に居を構えたのである。

弥兵庫の脳裡《のうり》に、父兵庫から伝え聞いた大膳の身の有りつきが、走馬《そうま》燈《とう》のように駆け巡った。

恐らく、大膳は兵庫が主君を案じるがゆえに重直公をお諫めし、逆鱗に触れたことを我が身に重ね合わせたのであろう。

それ故《ゆえ》、兵庫に情をかけ、あのままでは禄を召し上げられても仕方がなかったところを、御使者小者として取り立てるようにと、大膳が七戸直時に働きかけてくれたに違いない。

「忝《かたじけ》のうございます」

弥兵庫は改まったように、頭を下げた。

「現在《いま》は厳しき冬の真っ只中《ただなか》にあるが、必ずや春が訪れる……。それがしがこの地で春を迎えるのは、この春で二度目となるが、奥州の春はよいのう！　長き冬を堪《た》え忍び、春の訪れと共に、草木が待ち構えたとばかりにわっと芽吹《めぶ》く……。その姿がいじらしくてよ……。西国《さいごく》では味わえなかった感慨《かんがい》がある。そんなわけだ。父御に伝えてほしい。桜木家は家禄を奪われたわけではない、兵庫どのは隠居されただけなのだから、たまにはそれがしの茶飲み話に付き合ってもらえないだろうかと……」

大膳が澄んだ目で、弥兵庫を瞠める。

御年四十五歳……。

ああ、この人は決して世捨て人ではないのだ……。

それが証拠に、盛岡に移ってから、身の回りの世話をするために内山氏《うちやまし》の娘がお側《そば》として下小路の屋敷に入り、昨年、女子に恵まれたとか……。

大膳は盛岡に身を置いても、まだ何かをやり遂《と》げようとしているのに違いない。

その日は顔見せということで、弥兵庫は一刻《いっとき》（二時間）ばかり大膳と話し、下小路の屋敷を後にした。

帰り際、式台まで見送りに出た女ごが赤児《やや》を抱いていたが、あの赤児が大膳の娘なのであろう。

黒田騒動の折、大膳が幕府の裁可で腹を召すことになっていたならば、あの娘《こ》はこの世に生をみなかったのである。

生きるということは、こういうこと……。

弥兵庫は挫《くじ》けるのではない、前を向いて生きよ、と大膳に言われたような想いで、栗山の屋敷を出た。

一刻も早く、このことを父上にお伝えしなければ……。

弥兵庫は逸《はや》る心で、上《かみ》ノ橋《はし》を渡った。


その頃、綺良は盛岡城大奥にいた。

大奥御用聞《ごようきき》、御前様《ごぜんさま》御用聞、慈徳院様御用聞、仙寿院様御用聞の各々《おのおの》に挨拶を済ませ、大奥取《とり》締役《しまりやく》の滝路《たきじ》から大奥の仕来《しきた》りをあれこれと聞かされたばかりで、綺良は凡《およ》そ場違いな場所に来てしまったことに怯臆《きょうおく》していたのである。

ほぼ同時に大奥に上がった白河春馬《はるま》の娘富津《ふつ》が緊張した面差しで、こめかみをびくびくと顫わせているのが手に取るように伝わってきた。

「よいな。先ほど言ったように最上奥が江戸より盛岡に入られたならば、二人のうちどちらかが最上奥のお付きになるが、それまでは綺良どの、そなたが慈徳院さまとお亀の方に付くように……。よって、富津どのには仙寿院さまとお陽の方に付いてもらう。細かいことは先人《せんじん》のお女中や腰元《こしもと》に訊くがよい……。まかり間違っても、殿さまが大奥にお渡りになられた折には、面《おもて》を上げてはなりません！　上げてよいのは、殿さまからその命が下されたときのみ……。機宜《きぎ》に乗じて殿さまに気に入られようと抜け駆けすることは許しませんからね！　大奥でのことはすべて滝路を通して行うように……。解りましたね？」

滝路は念を押すように言うと、自室に引き上げていった。

現在《いま》は本丸が焼失した後とあって、何もかもがそっくり二の丸へと移っている。

従って、元から二の丸にいた先代利直公の側室だった慈徳院（松）や仙寿院（数馬の生母）と、重直の側室が同じ御殿で過ごすことになったのである。

綺良は慈徳院の部屋へと向かった。

「失礼仕《つかまつ》ります。本日より慈徳院さまの世話係を承《うけたまわ》ることになりました桜木綺良と申します。以後、なんなりとお申しつけ下さいませ」

綺良が頭を下げる。

慈徳院はお薄を点てていた手を止め、綺良を瞠めた。

出家して尼の形《なり》をしているが、目許涼《めもとすず》やかな美しい女《ひと》である。

彦六郎がこの年二十歳ということは、慈徳院は現在《いま》三十四歳……。

なんと歳若くして、俗世《ぞくせ》を捨てることになったのであろうか……。

慈徳院は綺良を見て、目許を弛めた。

「おまえさまが華厳院の芙蓉尼さまの姪御《めいご》なのですね？　花輪村では彦六郎さまが親しくしてい

ただいたとか……。まさか、このような形でお目にかかれるとは思ってもみませんでした。以後、宜しくお願い致しますね」

綺良の胸がきやりと揺れた。

では、彦六郎さまはわたくしのことを慈徳院さまに話して下さっていたのだ……。

ああ、それで、母の面倒を見てくれという意味で、わたくしに大奥に上がるようにと推挙して下さったのだ……。

そう思うと、胸がカッと熱くなった。

「勿体ないお言葉……。恐縮にございます。それで、彦六郎さまにはいつお目にかかれるのでしょうか？」

綺良が鼠鳴《ねずみな》きするような声で訊ねると、慈徳院が困じ果てたように目を瞬《しばたた》いた。

「彦六郎さまに逢えると思っていたのですか？　ああ、それで……。いえね、彦六郎さまが大奥に見えることはないのですよ。ここに入れるのは、殿さまだけ……。彦六郎さまは内丸にお入りになったというのに、母のわたくしも一度もお目にかかったことがありませんの」

「…………」

綺良が目をまじくじさせる。

そんな莫迦なことって……。

せっかく、彦六郎が母親の傍近くまで来られたというのに、一度も逢っていないとは……。

それに、自分は彦六郎に逢えると思ったからこそ、大奥に入ることを承諾したというのにこれでは話が違う。

とは言え、大奥に上がれば彦六郎に逢えると、誰も言っていないのである。

「どうしました？　その顔は失望したという顔……。幼き頃には無邪気《むじゃき》に遊んだ仲であっても、大人になるとそうはいきませんものね。ですが、ここにいれば、いつかは遠目《とおめ》にでもあの子の姿を見ることが出来るのではないかと、わたくしはそう願っていますのよ」

慈徳院は初めて彦六郎のことを、あの子、と呼んだ。

産後間なしに我が子と引き離され、恐らく、乳を含ませることもなかったであろう、幼き母……。

母としての実感が薄かったのであろうが、それでも、利直が他の側室と褥《しとね》を共にする夜は、独《ひと》り寝の寂しさに、我が子のことを恋しく思ったに違いない。

綺良はつくづく武家の仕来りを恨《うら》めしく思った。

では、慈徳院が彦六郎に逢うことが叶わないということは、綺良も彦六郎には逢えないということ……。

そのとき、襖の外から声がかかった。

「綺良さま、お亀の方さまがお待ちかねにございます」

腰元が呼びに来たのである。

「では、失礼仕《つかまつ》ります」

綺良は深々と辞儀をすると、慈徳院の部屋を下がった。

続いて、お亀の方の部屋に伺候《しこう》する。

お亀の方は南部家の家臣、八木沢《やぎさわ》氏の娘だという。

年の頃は二十二、三歳であろうか……。

透けるように白い肌をした、なかなかのぼっとり者（ふくよかな美人）であった。

「綺良さまといわれるのですね？　お歳は？」

お亀の方は明るい性質なのか、単刀直入《たんとうちよくにゆう》に訊ねた。

「十八になりました」

「そう、十八……。その頃が一番愉しいときですわね。わたくしがその頃にはお稽古事三昧《ざんまい》で、何をしていても愉しくて仕方がありませんでしたわ。それが、現在《いま》は籠《かご》の鳥……。殿さま以外の殿方にお逢いすることも出来ないのですもの……。ああ、誤解なさらないで下さいね。決して不満を言っているつもりはないのですから……。けれども、良かった！　いくらかでもわたくしと歳の近い綺良さまが傍《そば》に来て下さったのですものね。身の回りの世話は腰元がやってくれますので、綺良さまには話し相手になってもらいたいのです。慈徳院さまのお世話もあるでしょうが、このわたくしのことを忘れないで下さいませね」

「忘れるなど、とんでもありませんわ！　なんなりとお申しつけ下さいませ」

お亀の方は恐らく重直が国許に入るのと同時に、大奥に入ったのであろう。

何ゆえ、お亀の方に白羽の矢が立ったのか、そこまでは定かでないが、恐らく、大奥取締役の滝路と大奥御用聞の間で決められたことなのであろう。

お亀の方にしても、家臣の娘であるからには、下命《かめい》があれば抗《あらが》うわけにはいかない。

綺良は側室ではなく、お女中に召されたことを心《しん》から有難く思った。

彦六郎さまの側室にというのであればまだしも、殿さまの側室になんて……。

けれども、彦六郎さまはわたくしを側室ではなく、正室にすると約束して下さったのだ……。

だから、わたくしは待っている！

きっといつか、彦六郎さまが迎えに来て下さると信じて……。

そうして、大奥での日々は粛々《しゆくしゆく》と過ぎていった。

重直が大奥に渡るのはどうやら三日置きのようで、綺良たちお女中にはその日は自室に籠《こ》もっているようにと命じられ、重直がその夜側室の誰と褥《しとね》を共にしているのか皆目《かいもく》見当がつかなかった。

兄の弥兵庫から文が届いたのは、節分を翌日に控《ひか》えたときだった。

文によると、母基世が実家《さと》の北里家に里下《さとお》りしてしまったというのである。

基世の実家《さと》北里は、三戸代官で三百石を賜っている。

北里家は桜木家と同様、信直の前の政康の代から南部家に仕えてきた家柄で、基世には三十五石の扶持取りの立行《たちいき》がどうにも我慢できなかったのであろう。

弥兵庫の文によると、兵庫は基世が桜木を去りたいというのであれば、悦んで去り状を書くと言ったそうである。

お父さま……。

綺良は弥兵庫からの文を胸に抱《いだ》き、はらはらと涙を零《こぼ》した。

兵庫が不憫《ふびん》でならなかったのである。

これまでひたすら主家のために尽くしてきて、藩の行く末を案じ重直に諫言したばかりに隠居に追いやられ、桜木の家格を下げてしまったのであるから、その胸のうちは如何《いか》ほどであったであろうか……。

せめて自分が傍《そば》についていてあげられたら、父を慰めることが出来たであろうし、母を説得することも出来たかもしれないのである。

弥兵庫からの文には、自分がついているので綺良は何も案じることはない、あとになり、知らなかったと言われてはと思い事実を伝えたまでだ、とあり、最後に、弥次郎の妻女早苗が懐妊《かいにん》し、産み月はこの秋十月頃とあった。

綺良は悦びと哀しみが一度に来たように思い、複雑な気持だった。

お父さま……。

兵庫の物憂《ものう》い顔が眼窩《がんか》を過ぎる。

居ても立ってもいられなくなった綺良は、思い切って滝路に宿下がりを願い出た。

が、滝路から見下げ果てたような顔で睨めつけられ、綺良は渋々《しぶしぶ》宿下がりを諦めざるを得なかったのである。

その年（寛永十二年）の三月、規伯玄方《きはくげんぽう》（通称方長老《ほうちょうろう》）が朝鮮通信使をめぐる国書改竄《かいざん》の罪により盛岡に配流されてきた。

俗にいう柳川一件《やながわいっけん》である。

方長老は対馬藩主宗対馬守義成《つしまはんしゅそうつしまのかみよしなり》の従弟《いとこ》で、対馬藩の外交僧景轍玄蘇《けいてつげんそ》の下に就くと、日朝交流の外交技術を学んだという。

徳川幕府は、豊臣秀吉の朝鮮出兵により断絶していた朝鮮王朝との国交を回復しようと、朝鮮との交易に詳しい対馬藩を間に立てた。

ところが、朝鮮は国交回復に当たり、二つの条件を出してきたのである。

一つは、秀吉が朝鮮に出兵した際に、王家の墓を破壊した者を朝鮮に引き渡すこと……。

二つ目が、二度と朝鮮に侵攻しないこと……。

対馬藩は頭を抱えた。

思案の末、一つ目の条件は、幕府に相談することなく、朝鮮出兵とは関わりのない、藩内にいた犯罪者の喉《のど》を水銀《すいぎん》で潰して喋《しゃべ》られなくし、身代わりに差し出すことで解決した。

ところが、二つ目の条件は如何《いかが》なものか……。

一外様の立場で、幕府に二度と侵攻しないことを誓わせるなど出来ようもない。

そこで思い屈《くっ》した対馬藩は、国書偽造《ぎぞう》という手段に打って出たのである。

しかも、朝鮮からの返書も改竄、その後も偽造と改竄を何度も繰《く》り返し、なんとか国交を回復したのであるが、このことを幕府に告発した者がいたから堪らない。

しかも、告発したのが、対馬藩の家老柳川調興《しげおき》であるというのだから……。

柳川は主の宗家より独立したがっていて、かねてより対立していたという。

当時、幕府は三代将軍家光の代になっていたが、幕府を欺《あざむ》く国書偽造は大問題である。

寛永十二年（一六三五）、家光臨席《りんせき》のうえ、宗家の当主義成と柳川調興の口頭弁論が行われた。

在府の大名は総登城し、江戸城大広間にてこの対決を見守ることとなったのである。

このとき、宗義成のためにひと肌脱《ぬ》いだのが、伊達政宗である。

政宗は宗氏が古くからの朝鮮王朝と誼《よしみ》なことや、秀吉の理不尽な要求で半島出兵が行われたときの宗氏の苦悩を知っていた。

しかも、この問題が拗《こじ》れると、せっかく回復した朝鮮との国交が再び途絶《とだ》えてしまうかもしれない……。

そう思った政宗は、家光にこう提言したのである。

「朝鮮は昔から親しい国にございます。それなのに、秀吉公は理由《わけ》もなく兵を動かされた。間もなくして豊臣家が滅《ほろ》んだのも、天の報《むく》いかと……。権現さまはその過《あやま》ちを正されたお方……。再び半島に出兵というような事態になれば、上さまは権現さまにどのようなお顔で逢われるつもりですか」

政宗のこの言葉は効《き》いた。

しかも、幕府にとっても、朝鮮との交易を続けるほうが得策である。

幕府は宗義成はお構いなし、但し、国書偽造に関わった方長老は盛岡藩に流罪《るざい》、一方の柳川調興を津軽藩に流罪とし、その後の日朝交易は幕府の監督下に行われることとなったのである。

とは言え、初めて国書の改竄が行われたときに朝鮮との外交に携わっていたのは、方長老の師、玄蘇である。

方長老は玄蘇の死後その任を引き継ぐことになったのだが、改竄が行われた当時は禅僧《ぜんそう》として京で修行していて、実際に朝鮮との外交文書に携わっていたのは柳川調興本人なのである。

柳川の狙《ねら》いは飽くまでも宗氏の失態を暴《あば》くことであったが、手盛《ても》りを食うとはまさにこのこと……。

結句《けっく》、方長老が宗家の犠牲になったといってもよいのだが、方長老は仏に仕える身……。

敢えて、人身御供《ひとみごくう》になったと考えられないだろうか。

方長老が盛岡の御預人となったのは、四十八歳のときである。

盛岡藩では栗山大膳のときと同じく、方長老に薪水料《しんすいりよう》五百石を与え、法泉寺《ほうせんじ》門前に庵を構えさせ、手厚く遇《ぐう》することとなったのである。

方長老の世話係に選ばれた弥兵庫は、このうえなき名誉であった。

と言うのも、方長老は学識高く、その知識たるや学問だけでなく、薬草、清酒の醸造法、造園、茶道と多岐にわたっていて、弥兵庫は方長老をひと目見た途端、完全にその虜《とりこ》となってしまったのである。

栗山大膳が剛《ごう》ならば、方長老は柔《じゅう》であろうか……。

いずれにせよ、弥兵庫はこの二人に啓蒙《けいもう》され、貪欲《どんよく》に、吸収すべきものはなんでも吸収しようと努めたのだった。

一方、綺良のほうはといえば、方長老の盛岡入りに遅れて同年六月に盛岡入りをした、最上奥に振り回されっぱなしであった。

三十路を超えた最上奥は女ごの色香《いろか》を全身に漂わせ、そのうえ、身につけている打掛《うちかけ》や櫛簪《くしかんざし》のなんと華やかなこと……。

奥州にいたのではとても目にすることが出来ないほどのきらびやかさで、さすがの滝路も圧倒されて、最上奥には何ひとつ言い出せなかった。

今や、大奥は最上奥の意のままで、最上奥のためにあると言っても過言《かごん》ではないだろう。

現在《いま》、重直は本丸焼失のため、居を福岡城に移している。

福岡城で政《まつりごと》を行いながら時折盛岡城本丸の修復工事を視察に来るのだが、最上奥が盛岡入りした際に重直が盛岡を留守にしていたために、最上奥は激怒した。

「わらわがはるばる江戸より盛岡くんだりまで参ったというのに、何ゆえ殿さまは出迎えて下さらない！　大奥御用聞、わらわが今日到着の旨を殿さまにしかと伝えているのであろうな！」

最上奥に睨めつけられ、御用聞の鈴木典膳《すずきてんぜん》は顫《ふる》え上がった。

「はい。お伝えしています。本来ならば、殿の盛岡入りは昨日のはずでした。ですが、少し風邪気味とかで、大事を取ってこちらにお戻りになるのを延《の》ばされたのではないかと……」

「ならば致し方ない」

最上奥はそう言うと、自室に宛てられた部屋を見廻し、不快の色を露《あら》わにした。

「なんと狭い部屋じゃ。江戸の中屋敷に比べると、猫の額《ひたい》のようではないか！」

「申し訳ございません。お聞き及びと思いますが、なにぶん現在《いま》は本丸御殿を修復中とあり、本来はご隠居さま方の住まいである二の丸に、大奥を同居させていただいている有様でして……。それ故、殿さまも福岡城を仮住まいとなさっているのです」

滝路が恐縮したように説明すると、最上奥は憮然《ぶぜん》とした顔をして、次の間に控《ひか》える腰元に目をやった。

「江戸よりお女中と腰元を数名連れて参ったので、そのほうたちは下がってよい。で、側室たちはどうした？」

滝路は慌てた。

「はい。すぐに挨拶に伺わせます」

そう言い、次の間の腰元に目まじした。

滝路は改まったように最上奥に目をやった。

「では、お側付きのお女中も腰元も要らないと仰せなのでしょうか」

「要らぬと言ったら、要らぬ！　国者《くにもの》（田舎者）が傍にいたのでは目障《めざわ》りじゃ」

いつお呼びがかかっても構わないようにと次の間に控えていた綺良は、ほっと胸を撫で下ろし、富津と顔を見合わせた。

そこに、側室たちが挨拶にやってきた。

お陽の方、お里の方、千良《ちら》の方の三名である。

お亀の方の姿が見えないのは、重直の供をして福岡城に行っているからである。

このところ、どういうわけかお亀の方は重直の覚え目出度く、褥《しとね》のご用が度々かかるのだった。

此度、お亀の方を福岡城に連れて行くのも重直からの要望で、正な話、滝路は心穏やかでなかった。

と言うのも、最上奥の盛岡入りが迫っていたからである。

江戸から伝え聞く最上奥の風聞は、決してよいものではなかった。

権高《けんだか》く傲慢《ごうまん》だ、そればかりか政《まつりごと》にまで口を出し、殿も最上奥には頭が上がらないようだ……と。

そんな最上奥であるから、殿さまが他の側室に現《うつつ》を抜かしていることが耳に入ったならば……。

だが、重直の言うことに異論《いろん》を唱《とな》えるわけにはいかない。

それで、お亀の方を福岡城に行かせたのであるが、せめて、最上奥の盛岡入りまでに戻ってくれていたならば……。

ところが、予定では昨日戻っているはずだったのに、今日になっても音沙汰《おとさた》がないのである。

「お陽と申します。以後宜しくお引き廻し下さいませ……」

お陽の方が深々と頭を下げ、お里の方、千良の方が後に続く。

「お里にございます」

「千良にございます」

「これだけか?」

「………」

滝路が言葉に窮《きゅう》す。

「そのほうたちは?」

最上奥が次の間の、綺良と富津に訊ねる。

「いえ、この者たちは側室付きのお女中にございます」

「では、他にはいないのだな?」

「それが……」

「なんじゃ。まだいるのだな? だったら、早《はよ》う申せ!」

「もう一人、お亀の方がおられますが、ただいま留守をしていまして……」

「留守? ここでは、側室がみだりに外出してよいのか」

「いいえ、外出といいますか、実は殿さまの供をして、現在《いま》は福岡城に……」

滝路が怖々《こわごわ》と最上奥を窺う。

「なんだと! 殿さまがその者を召されたというのか……」

最上奥の目がきらりと光った。

「わらわが今日盛岡入りをするのが解っていて、その者を連れて行かれたと申すのか!」

「はい。ですが、本来ならば昨日のうちにこちらに戻っておられるはず……。それが風邪を召されたとかで、どうかお許し下さいませ……」

滝路が飛蝗《ばった》のようにぺこぺこと頭を下げる。

日頃から気位《きぐらい》の高い滝路も形《かた》なしだった。

「もうよい！　皆、さがれ。長旅で疲れた。床を取るように……」

最上奥が子犬でも追い立てるかのように、しっしと手を払う。

滝路や側室たちが部屋を去って行き、綺良たちも後に続いた。

誰もが言葉を失っていた。

聞きしに勝《まさ》るとは、まさにこのこと……。

あの最上奥には、誰一人として太刀《たち》打《う》ち出来ないであろう……。

が、綺良はどこかしら咀嚼《そしやく》できない想いを胸に抱えていた。

二の丸はご隠居さまが住まわれているところであるにも拘《かか》わらず、終《つい》しか、最上奥は挨拶に伺おうとしなかったのである。

慈徳院と仙寿院が重直の生母ではないといっても、それでは、あまりにも礼を欠いているのではなかろうか……。

綺良の胸が重苦しいもので包まれた。


寛永十二年は実に様々《さまざま》なことが起きた年である。

藩は栗山大膳に続き方長老を御預人として迎えたばかりか、最上奥が江戸から盛岡へと移り住み、そして、幕府からは新《あら》たなる武家諸法度が発令されたのである。

これまでも、武家諸法度はあった。

が、元和元年（一六一五）七月に発令された諸法度では、参勤は百万石以下二十万石以上の大名は供奉騎馬《ぐぶきば》二十騎以下、十万石以下はこれに準ずるとされていたのが、此度は、大名、小名ともに一万石以上の大名は隔年《かくねん》の参勤を義務づけ、大名の妻子がすべて江戸に留め置かれることになったのである。

しかも、六月末には外様大名が白書院《はくしょいん》に呼び出され、当年御暇之衆《おいとまのしゅう》と当年在江戸之歴々《ざいえどのれきれき》の区分が言い渡され、これらの大名は四月に交替をするようにと指示を受けたのだった。

これまでの参勤と異なる大々的な武家諸法度の発令は、諸大名、殊に外様大名に対して新公儀体制を明確にし、幕府への忠誠、服従を誓わせることにあったと思える。

重直は早速暇を賜《たまわ》った。

そして、その年の九月、切支丹禁制が再び各藩に公布されたのだった。

南部藩はこれまでも切支丹には敏感で、金山に潜り込んだ切支丹や農民に化けた切支丹を高札にて密告を促してきたが、これにより、これまで以上に摘発《てきはつ》に力を入れなければならなくなったのである。

寛永一二・三年にかけて、盛岡城下で摘発された切支丹の数は百七十六名……。

「幕府は何ゆえこのように切支丹弾圧をしようとするのでしょうか」

ある日、弥兵庫は方長老に訊ねた。

方長老は漢書《かんしょ》から目を上げ、少し考え込んだ。

「恐らく、幕府は治安維持を目的としているのであろう。長きにわたった戦国の世も終わって、権現さまの世になりやっと我が国が一つに纏まりつつあり、家光公は更《さら》にそれを揺るぎのないものとするために、此度の武家諸法度にて一万石以上の大名に参勤交代を命じられたのであろう……。各大名とも、江戸に妻子を人質として取られていたのでは幕府に従わざるを得ない。しかも、隔年の参勤となれば、各藩の懐《ふところ》は脆弱《ぜいじゃく》の途《と》をたどるのみ……。幕府の狙《ねら》いはそこにあると見てよいが、一方、切支丹には底知れぬ不気味さがある……つまり、これまでは武士が蜂起《ほうき》するのを懼《おそ》れなければならなかったが、切支丹には百姓、町人といった民《たみ》が多い……。しかも、いつどこで蜂起するのかそれも判らない。一人一人は小さな力でも纏《まと》まれば大きなうねりとなっていく……。幕府側はそれを懼れているのだろうて……」

「けれども、仏教でも同じことが言えるのではないでしょうか」

弥兵庫が方長老に目を据える。

「宗教という点では同じなのだが、幕府は切支丹禁止令と同時に転び切支丹に寺請証文《てらうけしょうもん》を書かせたのだが、次第に切支丹ではない証《あか》しとして広く民衆に寺請が広まっていき、つまり、これが寺請制度、檀家制度《だんかせいど》の始まりとなった……。謂《い》わば、檀家は一族の概念……。切支丹との違いがあるとすれば、そこではないかと思えるが……」

「では、方長老さまは切支丹をどのように思われているのですか？　禅僧の方長老さまにそのようなことを訊くのは失礼かと存じますが……」

方長老はふと目許を弛めた。

そうして、廊下へと目をやると、おみよ、入るがよい、と言った。

二十代半ばの女ごが、盆に湯呑を載せ、怖《お》ず怖ずと座敷に入って来る。

「おいでなんせ」

女ごはぺこりと頭を下げると、弥兵庫と方長老の前に湯呑を置いた。

「おあげなってくんなせ」

「現在、勝手仕事を手伝ってもらっているおみよだ。おみよもそこに坐って聞くがよい」

「へっ……」

「では、桜木どのの問いに答えよう。わたしは切支丹であろうと仏教徒であろうと、はたまた氏《うじ》子《こ》であろうと、人は皆同じと考えている。信じるものが違ってそれのどこがおかしかろう……。また神仏など信じないという者がいれば、それもまたよしとしよう。要は、我が心に素直に生きること……」

おみよは潮垂《しおた》れていた。

その刹那《せつな》、弥兵庫は、ああ、これは自分にではなく、おみよに言って聞かせているのだ……、と思った。

すると、方長老はおみよを切支丹だと知っていて、藩の目をごまかすために、敢えて庵のお端女《はしため》として使っているのだろうか……。

藩では、中《なか》ノ橋《はし》の札《ふだ》の辻《つじ》の他に、百八十八箇所に高札を出している。

それによると、密告者には多額の賞金を出す旨や、また匿《かくま》った者は一族郎党《いちぞくろうとう》処刑すると……。

そのことを知っていて、禅僧の方長老がおみよを匿うとは……。

が、考えてみれば、これほどの隠れ蓑《みの》もないだろう。

方長老は盛岡藩の御預人であり、しかも、禅僧……。

その男《ひと》が切支丹を匿うなどと、誰が考えようか。

「おら、じゃごたれ（田舎者）だども、方長老さまの言《ゆ》うごと、よう解りがんす。ありがとがんした……」

おみよはぺこりと頭を下げ、去って行った。

弥兵庫には何も言えなかった。

なんといってよいのか解らなかったのである。

そして、この年の十二月、盛岡城本丸の修復が完成し、重直が本格的に福岡城から帰城してきたのだった。

第三章　修羅《しゅら》の焔《ほのお》

綺良がお亀の方の部屋の前まで行くと、襖《ふすま》の前に坐《すわ》った腰元が首を振った。

「部屋においでにならないのですか？」

綺良が訝《いぶか》しそうな顔をすると、腰元が困じ果てたような顔をする。

「いえ、おいでなのですが、現在《いま》はちょっと……」

「どうかしまして？」

「どなたにもお逢《あ》いになりたくないと……」

「誰にも逢いたくないとは、わたくしにもですか？」

「さあ、それは……。では、お待ち下さいませ」

腰元はそう言うと、襖を開け、次の間に控える別の腰元に、綺良さまがお見えになったと伝えて下さいませ、と告げた。

暫《しば》くして、次の間にいた腰元が廊下に出て来て、どうぞ、お入り下さいませ、と言う。

綺良は次の間を通り、お亀の方のいる座敷へと入って行った。

「お方さま、どこかお加減《かげん》でも悪いのですか？」

綺良がお亀の方の傍《そば》まで寄って行く。

お亀の方は取ってつけたような笑みを浮かべた。

「いえ、大事ありません。そうでしたわね。今日はそなたに源氏物語《げんじものがたり》の葵上《あおいのうえ》を読んでいただくことになっていたのですね」

どこかしら、お亀の方の目が紅《あか》いように思えた。

どうやら泣いていたようである。

お亀の方は泣いていたことを綺良に悟られたと察したようで、寂しそうにふっと笑った。

「先ほど、大奥御用聞から知らせが入りましたの……」

「今宵《こよい》、殿さまが大奥にお入りになるのですってね？」

「ええ……。わたくし、怖くって……。殿さまがわたくしをお召しになることが最上奥に知れたら、またどんな意地悪をされるやもしれません……。それを思うと、怖くて……」

お亀の方が紅絹《もみ》で目を拭《ぬぐ》う。

ああ……、と綺良は眉根《まゆね》を寄せた。

昨夏、最上奥が江戸から盛岡へと移ってきた際、重直がお亀の方を福岡城に連れて行き、留守と知った最上奥の怒りは頂点に達した。

翌日、盛岡城に戻ってきた重直を責めること責めること……。

が、ひとしきり責めると、掌《てのひら》を返したように重直に汐《しお》の目を送り、傍目《はため》も憚《はばか》らずに撓垂《しなだ》れかかったのである。

「殿さまが留守と知り、わらわがどんなに寂しかったか……。殿さまに逢えなかったこの半年というもの、寝ても醒《さ》めても殿さまのことばかりが頭を過《よ》ぎり、わらわは生きた心地《ここち》もしませなんだ……。けれども、あと少しだけの辛抱なのだ、と逸《はや》る心を宥《なだ》めながらはるばる江戸から盛岡に来てみれば、てっきり心待ちにしていて下さると思っていた殿さまは留守……。わらわは寂しゅうて、寂しゅうて……。どうか、この切ない気持をお察し下さいませ！」

最上奥のじょなめいたその仕種《しぐさ》や声に、重直はでれりと眉を垂れた。

最上奥の賢《さか》しらなところは、面と向かって重直に、何故、自分を差し置いてお亀の方を福岡城まで連れて行ったのか、と問い詰めないところであろうか……。

最上奥はお亀の方など歯牙《しが》にもかけないという態度を取りつつ、やんわりと重直の心を自分へと向けさせようとしたのである。

重直にしても、最上奥は誰よりも愛《いと》しい女ご……。

二人は再会を確かめ合うと、暫くの間、重直は片時も最上奥を傍から離さないほどに寵愛《ちょうあい》した。

とは言え、本丸修復が終わらないうちは政《まつりごと》を福岡城で行わなければならず、再び、重直は盛岡と福岡を行ったり来たりの毎日……。

しかも、重直はまだ三十一歳と男盛りである。

従って、最上奥に月の障《さわ》りがあるときには、お亀の方にお呼びがかかった。

綺良が思うに、他にも側室がいるというのにお亀の方ばかりにお召しがかかるということは、余程《よほど》、重直がお亀の方を気に入っているということ……。

無論、最上奥もそのことは察していた。

が、決して、重直に面と向かっては肝精《きもせい》を焼くことはせず、最上奥の妬心《としん》はねちねちとお亀の方に向けられるようになったのである。

あるときなど、お亀の方の夜着《よぎ》が悉《ことごと》くびりびりに裂かれていた。

重直からお呼びがかかったお亀の方は、どうしてよいのか解らず半狂乱になったが、そのときは綺良が機転を利かせ、お陽の方に頭を下げて夜着を借りたので事なきを得た。

最上奥の嫌がらせはそれだけに留《とど》まらなかった。

蒲団《ふとん》の中に守宮《やもり》が潜んでいたり、味噌汁《みそしる》の中に釘《くぎ》が入っていたり……。

これらが最上奥に命じられた腰元の仕業《しわざ》と判っていても、誰も、面と向かって最上奥を責めることが出来ない。

あの大奥取締役の滝路でさえ、見て見ぬ振りを徹しているのだった。

そうして、本丸の修復が終わり、大奥が二の丸から本丸に移ってからというもの、最上奥はこれからはもう誰にも重直を渡すものかとばかりに大奥の入口に自らの腰元を侍《はべ》らせ、重直が渡って来るや、待ってましたとばかりに最上奥の部屋まで誘《いざな》うようになっていたのである。

ところが、遂《つい》に、重直は堪忍袋《かんにんぶくろ》の緒《お》を切らしたとみえ、邪魔が入らないように前もって大奥御用聞の口から、今宵、お亀の方の部屋に渡ることを告げさせ、敢《あ》えて公《おおやけ》にしてしまったのだった。

こうなると、最上奥の腰元は手も脚も出ない。

それで、お亀の方は最上奥から次はどんな嫌がらせをされるのであろうかと鬼胎《きたい》を抱き、怖くて堪らなくなったのであろう。

「大丈夫ですよ。わたくしも気をつけていますが、腰元たちには異常がないかどうか部屋の隅々《すみずみ》まで調べさせますので……。お方さまはそのようなことを気に病《や》むものではありません。お顔の色が優《すぐ》れませんが、食は進んでいますか?」

綺良が気遣わしそうに言うと、お亀の方は辛《つら》そうに首を振った。

「このところ、胸がつかえたようで、ものがよく喉《のど》を通りませんの……。身体《からだ》に障るからと無理して食べようとすると、吐きそうになってしまいます」

「御匙《おさじ》に診《み》せましたか?」

「いえ、騒ぐほどのことではありません。きっと、最上奥のことで気に病んでいるからだと思います。けれども、このことは誰にも言わないで下さいね」

お亀の方が哀願《あいがん》するように手を合わせる。

このとき、綺良が子を産んだことのある女ごならば、お亀の方の異変に気づいていたかもしれない。

が、綺良は子を産むどころか、これまで父や兄以外の男に触れられたこともなかったのである。

それで、その日は、源氏物語どころではないと思い、下がってきたのだった。

重直はこの年(寛永十三年)に入ってますます切支丹の弾圧を強め、一方、参勤交代の時期も迫りつつあるとあって、その日は準備に追われていた。

武家諸法度に則《のっと》り、三月二十日頃には盛岡を出て、四月上旬には江戸に着いていなければならない。

重直は十万石の格式に相応《ふさわ》しく、馬上十五から二十騎、足軽八十名、中間人足《ちゆうげんにんそく》百四十名から百五十名の計二百四十名の行列を頭に描《えが》いていた。

盛岡、江戸間の道のりは百三十九里三十五丁（約五百五十キロ）とあって、日程は十二泊十三日……。

江戸から国許《くにもと》に戻る場合は、幕府に御暇願《おいとまねがい》を提出して許可を貰《もら》わなければならないが、国許から江戸に上がる場合も、出立《しゆつたつ》と到着の日時を届け出て、幕府の許可を得なければならなかった。

日程に変更が生じた場合も、必ず、事前に届け出なければならない。

従って、その段取りたるや、一毫《いちごう》の気の弛みも許せなかったのである。

しかも、念願だった新丸御殿の普請がいよいよ始まろうとしていたのである。

そんな状況下のある日、再び、大奥御用聞がお亀の方に殿さまのお成りを伝えてきた。

お亀の方は見るからに頬《ほお》が痩《こ》け、顔面蒼白《がんめんそうはく》であった。

「お方さま、この半月で随分《ずいぶん》とお窶《やつ》れになられたように思えますが、このようなときに殿さまをお迎えするなんて……。わたくし、滝路さまにお願いしてみましょうか？　お里の方か千良の方に代わってもらうわけにはいかないかと……」

綺良がそう言うと、お亀の方は唇まで色を失い、わなわなと顫えた。

「そんなことが出来るはずがありません。そんなことをしたのでは、最上奥ばかりか、殿さまのお怒りを買ってしまいます。いいのですよ。少し休めば、夜分には楽になっているでしょうから……」

お亀の方はそう言った。

が、綺良は居ても立ってもいられなかった。

と言うのも、腰元が御虎子《おまる》を片づけようとして、中に排泄物《はいせつぶつ》ではなく吐逆物《とぎゃくぶつ》を見つけたと、他の腰元に囁《ささや》くのを耳にしたばかりだったからである。

綺良はどうしたものかと、お女中の富津に相談した。

「御虎子に吐逆物ですって！　きっと、お亀の方は懐妊なさったのよ。悪阻《つわり》に違いありませんわ。わたくしの姉が赤児《やや》を身籠《みご》もったときにも、胸焼《むねや》けがしたり吐き気がしたりで、随分と窶れましたの……。まあ、なんて目出度いのでしょう！　殿さまがお聞きになれば、さぞやお悦《よろこ》びになることでしょうよ」

富津は目を輝かせ、燥《はしや》いだ口ぶりで言った。

すると、たまたまお女中の部屋の前を通りかかった滝路が、耳聡《みみざと》く聞きつけ、部屋の中に入って来た。

「目出度いとは、何が目出度いのですか？」

あっと、綺良は息を呑《の》んだが、富津は嬉しそうに続けた。

「滝路さま、驚かないで下さいませ！　お亀の方が懐妊なさったそうですの」

えっと、滝路は綺良を見た。

「本当なのですか?」

「えっ、ええ……。お方さまから直接聞いたわけではありませんが、このところ食が進まず、吐き気もしばしば……。それに、腰元の一人が御虎子に吐逆物を見つけたと……」

「…………」

滝路は何か考えているようであった。

「解りました。とにかく、奥医師に話してみます。そなたたちはことがはっきりするまでは、決して口外してはなりません。殿さまにお伝えするのも、奥医師に診せた後のことにしますので……。ああ、それから、このことはくれぐれも内密にね?」

滝路が唇に指を当ててみせる。

最上奥には、まだ秘密にしておけという意味なのであろう。

ところが、どういう理由《わけ》か、最上奥に暴露《ばれ》てしまったのである。

最上奥は逆上《ぎやくじよう》し、お亀の方の部屋に駆け込んで来た。

「この嘘《うそ》吐きが! 殿のお子を宿しただなんて、随八百《ずいはつぴやく》を並べ立てて! そんなことが信じられるわけがない。わらわがこの十二年間殿さまのお側について来て、一度も懐妊したことがないというのに、昨日今日、側室となったそなたに子が出来るはずがない! わらわだけではないぞ。お陽の方、お里の方、千良の方と、これまで誰一人として懐妊した者がいないではないか! それなのに、少しばかり殿さまに目をかけてもらっているといって、つけ上がるのじゃないよ! 大方、赤児《やや》が出来たからと殿さまの寵愛を盾にしようとの魂胆《こんたん》なのだろうが、そうは虎の皮!

殿さまは騙《だま》せても、わらわを騙すことなんて出来ないんだからね！」

最上奥は猛《たけ》り狂ったように鳴り立てると、お亀の方に摑《つか》みかかり、垂髪《たれがみ》にした髪を摑むと、引き千切《ちぎ》ろうとした。

お亀の方がギャッと悲鳴を上げる。

綺良は二人の間に割って入ると、畳に頭を擦《す》りつけるようにして懇願した。

「お許し下さいませ！　お方さまが懐妊なさったのではないかと口を滑《すべ》らせたのは、このわたくしです。責めるのなら、このわたくしをお責め下さいませ。御匙に診せたわけでもないのに、浅はかなことを言ってしまいました……」

が、そんなことで最上奥が引き下がるはずがない。

最上奥は自ら大奥の戸口で重直を迎え入れると、お亀の方の部屋に導《みちび》き、再び、詰問《きつもん》を始めた。

「聞いて下さいませ。この者が殿さまのお子を身籠もったと偽《いつわ》りを言っております。そのようなことがあるはずがありません！　殿さまのお側に侍《はべ》ってこの十二年……、終《つい》しか、わらわに子が出来なかったばかりか、お陽の方、お里の方、千良の方にもそのような兆《きざ》しは見られませんでした。いえ、盛岡だけではありません。江戸の大奥で殿さまのお子をなしたという女ごが一人でもいましたか？　確かに、ご正室は長松《ちょうまつ》さま、楽姫《らくひめ》さまをお産みになりました……。ですが、殿さまは二人がご自分の子ではないのではと疑われ、それで、ご正室を離縁なさった……。しかも、その二人のお子も生後間もなく亡くなってしまい、以来、殿さまのお子は一人も生まれていません。それなのに、この者が殿さまのお子を身籠もったなんて嘘に決まっています！　仮に、この者が身籠もっていたとしても、それは誰か他の男の子……。そうとしか考えられません！　さあ、どうした？　殿さまの御前《ごぜん》で本当のことを申してみよ」

「お亀、懐妊したというのは本当のことなのか？」

重直が食い入るようにお亀の方を瞠《みつ》める。

「…………」

「どうした！　余にも本当のことが言えぬところをみると、では、最上奥が言うように、そなたの作り話なのだな？」

「…………」

お亀の方は項垂《うなだ》れたままである。

「卒爾《そつじ》ながら、申し上げます。お方さまは懐妊したと言いたくても、まだ御匙に診せていない状態では、何も言えないとお思いなのではないでしょうか」

綺良は平伏《へいふく》したまま、重直に進言《しんげん》した。

重直が驚いたように綺良を見る。

「おまえは誰だ。面《おもて》を上げよ！」

怖《お》ず怖《お》ずと綺良が顔を上げる。

滝路が慌てて割って入った。

「お亀の方さま付きのお女中、綺良にございます」

「お女中？　何ゆえ、余は面識がない」

「大奥には大奥の決まりがあり、お女中には直接殿さまに接するのを止めていたからで、他意はございません。どうか、ご理解下さいませ」

「そのほう、名はなんという？」

「桜木綺良にございます」

「桜木……。すると、兵庫の娘か？」

「さようにございます」

「成程、それで直時がそなたを大奥へと画策したのか……。大方、余が兵庫にした仕打ちへの代償のつもりなのだろうが、ふン、小賢《こざか》しいことを！　桜木の娘とやら、立場を弁《わきま》えよ。そなたが口を挟むことではない！　最上奥、余の腹は決まったぞ。お亀には即刻暇《そっこくいとま》を取らせようぞ！」

どうやら、綺良が口出ししたのは、藪蛇《やぶへび》だったようである。

重直は激昂《げっこう》し、身体をぶるぶると顫わせた。

すると、最上奥が重直の怒りに乗じて、更に、重直を煽《あお》り立てた。

「殿さま、ただ暇を出すだけでは、この者が城から下がり、あることないことを世間に言い触らすかもしれません。そんなことにでもなれば、殿さまのお顔に泥を塗る羽目《はめ》になりかねません。どうでしょう……。この者は嘘を吐き、殿さまを欺《あざむ》こうとしたのです。主《あるじ》を欺こうなどとは言語《ごんご》道断《どうだん》！　重罪に科《か》し、打首《うちくび》にすべきではないでしょうか」

打首……。

その場にいた全員が、あっと息を呑んだ。

「お待ち下さいませ！　わたくしは嘘など吐いておりません。わたくしのお腹《なか》には殿さまの赤児《やや》が……。いえ、そうと決まったわけではありませんが、きっとそうだと……」

お亀の方が悲痛の声を上げる。

「きっとそうだと？　この期《ご》に及んで、まだそのようなことを！　ええい、黙れ！　こうなれば即刻処刑するまでだ！」

重直はそう言い置くと、肩を怒《いか》らせ大奥から出て行った。

最上奥がその後を追う。

お亀の方は茫然《ぼうぜん》と虚《うつ》ろな目をしていた。

どうやら、何が起きたのか解らないようである。

綺良はお亀の方の前に平伏した。

「お方さま、申し訳ございません……。わたくしが余計な口を挟んだばかりに、ますます殿さまのお怒りを買うことになってしまいました……。けれども、諦めないで下さいませ。まだ、なんとか方法はあります。暇を出されるというだけならともかく、お生命《いのち》まで奪われることはありませんもの……。気を強く持って下さいませね！」

「方法があるといっても、綺良どの、何をするおつもりで？」

滝路が訝しそうな顔をする。

「滝路さま、わたくしを内丸まで行かせて下さいませんか？」

「内丸へ行ってどうする……」

「七戸さま、彦六郎さまに、せめてお方さまの助命を願えれば……。今や、七戸さまは殿さまの懐刀《ふところがたな》。それに、彦六郎さまは殿さまの義弟君《おとうとぎみ》です。あの方々の助言には、殿さまも耳を傾けて下さるのではないかと思います」

「そうよのう……。確か、彦六郎さまはそなたとは幼馴染というたのっ。解りました。聞き届けてもらえるかどうかは判らぬが、やってみるだけのことはあるかもしれぬ……。綺良どの、さあ、参られよ！」

滝路の許しを得て、綺良は内丸へと向かった。

思えば、大奥に上がって以来、御城内から外に出るのは久々のことである。

綺良は綱御門《つなごもん》を出ると、七戸直時の屋敷へと向かった。

門番に訪《おとな》いを入れると、門前で暫く待たされた後、若党が出迎えにやって来た。

「生憎《あいにく》、現在《いま》、殿さまは七戸におられ留守のゆえ、彦六郎さまがお逢いすると言われていますが、それで宜《よろ》しいかな？」

綺良はほっと眉を開いた。

正な話、直時に逢ったところで、まともに話せるのかどうか心許《こころもと》なかったのである。

だが、彦六郎となら……。

そう思い、久方ぶりに彦六郎と再会したのであるが、綺良は八年という歳月《さいげつ》の長さをつくづくと感じた。

八年前、閉伊《へい》の華厳院で綺良の桜を二人して愛《め》でたのは、彦六郎が十三歳で、綺良が十一歳のとき……。

その彦六郎が今や二十一歳となり、実に凛々《りり》しい若者となっているではないか……。

「綺良、久しいのう……。なんて見目良《みめよ》い娘になったのだ！　大奥で磨《みが》かれた甲斐《かい》があったとみえるな。これでもう、いつどこに嫁に出てもおかしくはない。で、幾つになった？」

「十九にございます」

「十九か……。それはそうと、父上はさぞや無念《むねん》であっただろうな。済まない。殿さまに代わって、このわたしが頭を下げさせてもらう。で、兵庫どのは息災かな？」

「そうだと思います」

「そうだと思う？　ああ……、そうよのっ。大奥に入ったからには、むやみやたらに宿下がりが出来ない……。だが、殿が上府《じょうふ》されれば、宿下がりの願いが叶うやもしれぬ。もう少しの辛抱だ」

「彦六郎さまこそ、元服なさり、お目出度うございます」

「ああ、やっと盛岡に入れた……。だが、まだ藩でのわたしの立場が確立されていないのでな。現在《いま》は、相も変わらず七戸どのの居候《いそうろう》……。そんな理由《わけ》で、綺良を嫁に貰うのはいつになるやら……」

綺良の顔がぱっと輝く。

「えっ、憶《おぼ》えていて下さったのですね！　では、現在《いま》でも綺良のことをお嫁さんにして下さる気持に変わりないと……」

「ああ、変わっていないよ。以前のように気軽に逢うことは出来なくなったが、逢えなくとも、綺良が城内にいると思うと、内丸にいるわたしも綺良と一緒にいるような気持でいられるのでな……」

「彦六郎さま……」

綺良の胸に熱いものが込み上げてくる。

が、はっと、綺良は己に鞭《むち》打った。

彦六郎との再会に舞い上がってしまい、なんのために内丸を訪ねたのか失念していたのである。

「彦六郎さま、助けて下さいませ！　実は、現在《いま》、わたくしはお亀の方のお世話をしています。ところが、此度、お亀の方が殿さまのお子を懐妊なさり……」

綺良はお亀の方が懐妊したことを最上奥も重直も信じてくれず、偽りを述べた咎《とが》でお亀の方が処刑されることになったと話し、なんとしてでも、お亀の方の生命《いのち》だけは救いたい、ついては、重直には義弟《おとうと》に当たる彦六郎の口添《くちぞ》えで、重直に思い留まるように進言してもらえないだろうか、と頭を下げた。

彦六郎は思い倦《あぐ》ねたような顔をしていた。

「………」

暫く沈黙が続いた。

「申し訳ない。そうしたいのはやまやまなのだが、わたしにはそのような力はない……。殿にとって、わたしは未《いま》だに餓鬼《がき》同然……。殿が餓鬼の言う言葉に耳を傾けるお人でないことは、誰もが百も承知……。下手に口出しすれば、殿の怒りがますます激しくなるだけで、寧《むし》ろ、逆効果なのだよ。それが証拠に、綺良がお亀の方を庇《かば》わなければ、お亀の方は暇を出されるだけで済んだかもしれない……。ところが、殿は兵庫どのの娘ごが口出ししたということで、一層、怒り心頭《しんとう》に発し、最上奥の提言に乗ってしまったとも考えられるからね……」

ああ……、と綺良は胸が張り裂けそうになった。

そのことは、綺良も感じていたのである。

自分さえ差出《さしで》しなかったならば、最上奥がどう言おうと、殿さまはお亀の方を処刑すると言い出さなかったのではなかろうか……。

そう思うからこそ、綺良は居たたまれないのである。

「いや、綺良を責めているのではない。心ある者なら、お亀の方を庇おうとして当然なのだからね。だが、ことは既に起きてしまった……。こうなると、もう誰にも止めようがない。止めようとすれば、ますます殿がお怒りになるのが解っているのでな。そんな理由《わけ》で、これぱかりは力になれない。済まない。この通りだ、許してほしい……」

彦六郎は深々と頭を下げた。


綺良が再び綱御門を潜って大奥に戻ると、滝路やお陽の方たち側室が、悲嘆《ひたん》に暮れた面差しをして駆け寄って来た。

お里の方などは目を真っ赤にしている。

「遅うございました。たった今、お亀の方が御目付方に引っ立てられて行かれたばかりで……」

千良の方が言う。

「それで、七戸さまはどうでしたか？　殿さまを取りなして下さると？」

滝路に言われ、綺良は無念そうに首を振った。

「誰であれ、それは叶わないとのことでした」

ああ……、と富津が絶望の声を上げる。

「それで、いつ？　いつ、お方さまは処刑を……」

綺良の問いに、滝路は口惜《くちお》しそうに首を振った。

「それは判りません。座敷牢《ざしきろう》に入れられ、時期を見て処刑されるのか、それとも即刻なのか、わたくしたちには知る由《よし》もありません」

「本当に、もう何も為《な》す術《すべ》がないのでしょうか……」

綺良がぽつりと洩らしたその言葉に、誰も答えようとしなかった。

ところが、その頃、お亀の方は桜馬場《さくらのばば》にて御目付方の一人に斬殺《ざんさつ》されてしまっていたのである。

これは一刻も早く処刑してしまわないと、お亀の方懐妊の噂が奥医師の耳に入るやもしれないと案じた最上奥が、殿の上意《じょうい》と偽り、御目付方に処刑を急がせたからであった。

ところが、重直は怒りにまかせお亀の方を処刑するよう命じてしまい、ことの成り行きに戸惑《とまど》っていたのである。

最上奥に唆《そそのか》されたからといっても、一時は愛《いと》しく思ったお亀の方を、死に追いやってもよいのであろうか……。

だが、藩主たる者、一旦口に出したことを翻《ひるがえ》したのでは、後顧《こうこ》に憂《うれ》いを残す。

これまで横暴と謗《そし》られようがものともせず、気に食わない家臣を情け容赦《ようしゃ》なく罰してきた手前、お亀の方だけに甘い顔をするわけにはいかないではないか……。

そう思う反面、最上奥の言いなりになってしまったことに忸怩《じくじ》とし、居たたまれなくなった重直は、予定では翌朝出立のつもりでいた参勤を一日早め、三月二十一日、花巻《はなまき》に向けて出立してしまったのである。

最上奥は重直が参勤を一日早めて出立してしまったと知り、驚愕《きょうがく》した。

お亀の方を処刑させてしまったことで、重直が気分を害したのではなかろうかと思ったのである。

殿さまがわらわに挨拶もなく出立するなんて……。

そう思うと、居ても立ってもいられなくなった。

それで、すぐさま花巻まで重直を追うことにしたのである。

一方、処刑されたお亀の方の遺体は、実家《さと》の八木沢家に引き取られていくことになった。

大奥の女ごたちは、現在《いま》は重直も最上奥も城にいないと知って、最期《さいご》の別れをと桜馬場まで赴いた。

お亀の方は覚悟のうえで斬られていったのか、穏《おだ》やかな顔をしていた。

「まるで、眠っているようではないか……」

滝路がそう言うと、女ごたちが一斉《いっせい》に啜り泣く。

「無念にございましょうが、お恨《うら》みなさいますな」

滝路が父親《てておや》の八木沢氏の顔を窺《うかが》う。

「恨むなど、滅相《めっそう》もございません。ただ、父親《てておや》として、せめて、娘が本当に嘘を吐いたのかどうかは確かめとうございます。いえ、確かめたからといって、それでどうこうしようなどとは思っていません。ただ、それがしは娘を信じてやりたくて……」

八木沢は南部藩の家臣である。

それ故、重直のすることに異は唱えられないが、父として娘が嘘を吐いたのかどうか確かめたいという気持は、綺良にも他の女ごたちにも手に取るように理解できた。

「構いませんことよ。おまえさまがそうなさったとしても、誰も咎め立て致しません」

滝路がそう言うと、八木沢氏はほっと眉を開いた。

「あのう……、もし宜しければ、わたくしの父に検《あらた》めてもらいになるとよいですわ」

富津が割って入ってくる。

富津の父親《てておや》は利直の代まで藩の医学教授を務めていたが、現在《いま》は、内加賀野小路《うちかがのこうじ》で町医者をしている。

成程、富津の父親《てておや》なら、お亀の方が懐妊していたかどうか判るであろうし、口も固いであろう。

「おう、白河どのにな……。それは妙案！　八木沢どの、是非そうなさいませ」

滝路がそう言い、それで、お亀の方の亡骸《なきがら》は内加賀野小路に運ばれていくことになったのだった。

富津に父親《ておや》から文が届いたのは、それから一刻《いっとき》（二時間）後のことである。

文には、検めたところ、お亀の方は懐妊していて、胎児《たいじ》は三月《みつき》とあった。

ああ……、と綺良は目を閉じた。

何故、こんなことになってしまったのであろうか……。

重直とて、本当は我が子が欲しかったであろうに、最上奥の言葉を信じ、お亀の方ばかりか赤《や》児《や》までを殺してしまったのである。

「それで、八木沢どのはどうなされたと？」

これまでは、あれほど嵩《かさ》にかかった物言いをしていた滝路だが、最上奥が盛岡に来てからというもの、いまではすっかり大奥の女衆《おなごし》の味方となっている。

「文には、お亀の方の亡骸は、八木沢さまの菩《ぼ》提寺《だいじ》、竜谷寺《りゅうこくじ》に埋葬すると認《したた》めてあります。娘の潔白が判明し、親としては満足しているとも……」

富津がそう言い手を合わせると、その場にいた全員がそれに倣《なら》った。

最上奥が花巻の本陣《ほんじん》に辿り着いたのは、重直の行列に遅れること一刻半《いっときはん》（三時間）後のことである。

最上奥は早駕籠《はやかご》を駆ってきたのか、本陣に着いたときには疲弊《ひへい》しきっていた。

重直は最上奥の姿を見て余程驚いたのか、言葉を失った。

「女ごが参勤に加わるなど、前代未聞《ぜんだいみもん》の珍事《ちんじ》！　何ゆえ、そなたが花巻まで追いかけて来る……」

「殿さまとはまだ話がついておりません！　お忘れですか？　殿さまはわらわを大奥に迎える際、こう約束なさいました……。生涯、そなただけに心を許す。心《しん》から愛しいのは、そなただけ……。本来ならば正室として迎え、手厚く扱いたいのだが、立場上、其者上《それしゃ》がりの女ごを正室に迎えることが出来ないので、側室に甘んじてもらわなければならないが、表面上は側室であっても、心の内はそなたが正室……。そうおっしゃったではないですか！　それなのに、お亀などというあんな女ごを寵愛なされたとは、わらわは悔しくって……。藩主というお立場上、わらわの他にも側室を置くことは致し方なきことと、これまで黙って目を瞑って参りました。けれども、それは他に側室がいても、殿さまが滅多《めった》にあの者たちの部屋には行かれなかったからです……。だから、わらわは黙認してきたのですが、江戸を離れて国許に入られた途端、糸の切れた凧《たこ》のようになっておしまいになり、お亀などという国者《くにもの》に現《うつつ》を抜かすとは！」

「解った、解った……。そなたの言うことはよう解った。約束しよう。二度と、他の側室とは褥《しとね》を共にしない」

「判るものですか！　此度、江戸に上がられたら、また一年は盛岡に戻ってみえない……。その間、わらわは盛岡で殿さまの帰りを首を長くして待っていなくてはならないのですよ。今度は江戸で誰と懇《ねんご》ろになるのかと思うと、生きた空もありません！」

「解った。では、どうしろと言うのだ。このまま江戸に連れて行けとでも？」

「叶うものなら、そうしとうございます」

「莫迦なことを！　そんなことをしたのでは、公儀から大目玉を食ってしまうではないか。大名の妻子は江戸に留置《りゅうち》されるのが決まり……。そなたは正室ではないので国許に連れ帰ることを許されたが、こうして余が盛岡、江戸間を行き来する度にそなたを連れ歩いていたのでは、公儀ばかりか、他藩からも顰蹙《ひんしゅく》を買ってしまうではないか！　なっ、頼む。この通りだから、大人しく盛岡に戻ってくれないか……」

重直は恥も外聞《がいぶん》もなく、最上奥に手を合わせた。

ところが、最上奥は引き下がらない。

拗《す》ねてみたり甘えてみたり、罵《のの》しってみたりで、そんなこんなで花巻での滞在が日一日と延びていったのである。

家臣たちには重直の態度が解《げ》せなかった。

他の者にはあれほど冷淡な重直が、何ゆえ、最上奥にはこれほど弱いのであろうか……。

言うことを聞かぬのであれば、ひと言、即刻打首にする、と引導《いんどう》を渡せば済むものを、なんだのかんだのと言っては説得しようとするのである。

とは言え、ふと気づくと、花巻入りしてから既に十日が過ぎていた。

遂に、供の御側用人が重直に耳打ちした。

「このままでは江戸入りが十日も遅れてしまいます。恐らく、江戸表でも皆が案じていることにございましょう。明朝早々に出立なさいませんと……」

「だが、最上奥はどうしたものか……」

「やむを得ません。国許、と言っても盛岡ではなく、最上奥の出所、酒田に帰されると宜しいかと……」

「つまり、最上奥とは縁を切れということか」

「致し方ありません。女ご一人を失うことになるかもしれませんが、盛岡藩十万石を失うよりは宜しいかと……」

その言葉に、重直は戦《おのの》いた。

盛岡藩を失うことなど出来ようもない。

重直は渋々頷いた。

「仕方がなかろう。では、最上奥には五百両を与え、家臣に酒田まで送り届けさせようぞ」

そうして、重直は予定より十日遅れて、花巻を出立することになったのだった。


結句、重直は四月十二日に江戸に着いた。

なんと、通常十三、四日で済むところを、二十二日もかけているのである。

幕府は直ちに南部家江戸家老石井伊賀守《いしいいがのかみ》を呼びつけると、数条にわたる詰問を突きつけた。

一　この度の参勤日数延引《えんいん》に及ぶこと……。
一　先年、諸国切支丹詮議《しよこくきりしたんせんぎ》のとき、東国《とうごく》にて南部領に切支丹のもの最《もつと》も多かりしこと……。
一　出丸《でまる》を建築し披露《ひろう》もなさず、殊に高石垣《こういしがき》を取立てたること……。
一　祖先より譜代《ふだい》の家臣多きに拘《かか》わらず、近年他国人を召し抱うること……。

それに対し、石井伊賀守はこう弁明した。

参勤延引は重直の持病発生のため、療養に意外の日数を要したからである、また、切支丹が多かったことについては、志和郡で新開発した金山の採掘《さいくつ》を京の丹波弥十郎《たんばやじゆうろう》に請《う》け負《お》わせたところ、丹波が連れて来た人夫に切支丹信者が多く含まれていて、布教《ふきよう》を広めていたからである、そして、出丸建築については事実無根《じじつむこん》、場外に邸宅（新丸御殿）を設《もう》け、その裏手に水害を防ぐための石垣を取り立てたにすぎない、更に、他国人召し抱えについては、領内の男女が僻地《へきち》に育ち礼儀を心得ない者が多いため、江戸や京の風雅を見習わせようとして、ほんの少し召し抱えただけである……と。

詰問は七箇条あったが、石井伊賀守は残りの三箇条においては、まったく答えることが出来なかった。

このことにより、重直は即刻逼塞《ひつそく》を命じられた。

家光が激怒するのも無理はない。

何しろ、参勤交代の制度を整備したばかりだというのに、この遅参《ちさん》事件なのであるから……。家光は日頃から重直に目をかけていただけに、尚更《なおさら》、裏切られたような想いに、御目見得《おめみえ》することなく、南部家下屋敷において逼塞を命じたのだった。

この一件は、各藩に衝撃を与えた。

南部家は国替《くにがえ》になるやもしれない……。

いや、国替などと生温《なまぬる》いものではなく、悪くすれば改易……。

そんな噂が、在府の大名たちの間に飛び交《か》った。

無論、南部藩でも、幕府の今後の出方に戦々恐々……。

「他藩では、我が藩の国替、改易を噂しているようだが、一度《ひとたび》、逼塞が言い渡されたからには、これ以上、重き罰は科《か》せられないだろう」

「いや、解りませんぞ。家光公は我が殿に輪をかけて居丈高《いたけだか》なお方と聞いている。いつ、気が変わり、国替を言い渡されるやもしれないのでな」

「それにしても、諸悪の根源はあの最上奥……。あのような女狐《めぎつね》に殿が誑《たぶら》かされるとは！」

「最上奥こそ打首にされてもよいものを、五百両つけて国許に帰されたとはよ。これでは、お亀の方も浮かばれないだろうて……」

「酒田まで最上奥を送り届けた男の話によると、最上奥は殿に見限られたことが余程応《こた》えたとみえ、魂を抜き取られてしまったかのように、道中、まるで生きる屍のようだったとか……。その男が言うには、これまで、あまりの身勝手さに周囲《まわり》から疎《うと》んじられた最上奥だったが、殿を愛《いと》しく思うその気持に偽《いつわ》りはなく、些《いささ》か殿への偏愛《へんあい》が過ぎたばかりに、周囲《まわり》の者ばかりか自らも陥《おとしい》れることになってしまったのではなかろうかと……。まっ、言ってみれば、最上奥も憐《あわ》れな女ごなのよ……」

「何が憐れかよ！　憐れというのであれば、お亀の方のほうが憐れであろう……。正真正銘、殿のお子を身籠もったというのに誰からも信じてもらえず、最上奥の妬心《としん》に翻弄《ほんろう》された殿に、お腹の赤児《やや》ともども処刑されてしまったのだからよ……。それ故、殿は最上奥の先行きのことなどうっちゃっといて、何はさておき、お亀の方に陳謝《ちんしゃ》すべきだったのではあるまいか……。だって、そうであろう？　殿はお亀の方ばかりか、我が子までを殺害してしまい、後顧に憂いを残すことになってしまったのだからよ」

「これは参勤の供をした男から聞いた話なのだが、殿は福島《ふくしま》の本陣にてお亀の方の懐妊が事実と知らされたそうでよ。殿のお嘆《なげ》きぶりときたら……。余はお亀ばかりか我が子の生命《いのち》まで奪ってしまったのかと、傍目《はため》も憚《はばか》らずに大粒の涙を流され、家臣の四戸《しのへ》下総《しもうさ》どのに亀子大明神《かめこだいみょうじん》を造営するようにと命じられたそうな……」

「はン、それで贖罪《しょくざい》したつもりかよ！　それじゃ、お亀の方もさぞや浮かばれないだろうよ！」

家臣たちは額を集め、あっちでこそこそ、こっちでこそこそ……。

重臣たちも気が気ではなかった。

幕府の仕置きが「遠慮《えんりょ》」よりは重く、「閉門《へいもん》」より軽い「逼塞」で済んだとはいえ、一体その期間は……。

一、二年で済むとも、三年も五年も続くとも考えられたからである。
が、幕府から此度の件で七箇条もの詰問を突きつけられたからには、この間にも、やるべきことをやらなくてはならない。

藩では手っ取り早く出来ることから取りかかり、前年から強めていた切支丹弾圧に更に拍車《はくしゃ》をかけた。

寛永十三年、師走《しわす》のことである。

その日、弥兵庫は栗山大膳から頼まれた書物を下小路の屋敷に届け、北山へと向かった。

方長老が甘野老《あまどころ》を用いて黄精《おうせい》なる漢方薬を作ってみせるというのである。

なんでも、黄精とは不老長寿《ふろうちようじゆ》の漢方薬とのことで、野草甘野老には同じ成分が含まれているというではないか……。

方長老という男は、底知れぬ才智《さいち》を秘めている。

禅僧であるから仏の道や漢学に詳しいのは解るが、そればかりか、京に長く滞在した折に見聞きしたことを自らの手で再現してみせ、現在《いま》は、いずれは法泉寺に思い通りの庭園を造るのが夢だという。

山の斜面を利用して、湧《わ》き水の池を中心とした庭園……。

樹齢《じゆれい》何百年といった老松《おいまつ》や枝垂れ桜、紅葉などの大樹を植え、池の周囲《まわり》には四季折々に庭を彩《いろど》る草木や花を配し、決して造形的ではなく自然を感じさせる庭……。

方長老が目指す庭は、そんな庭だという。

一方、方長老は京で学んだ茶道を盛岡で普及させたいと言い、砂鉄の採れる奥州の山々に興味を示しているのだった。

「茶道には茶碗《ちゃわん》、茶筅《ちゃせん》同様に茶の湯釜《ゆがま》が欠かせない……。奥州は砂鉄《さてつ》、岩鉄《がんてつ》の産地です。鉄器を藩の産物としないでどうしょう……。わたしは先代（利直）が甲州《こうしゅう》より呼び寄せた鋳物師《いもじ》、鈴木《すずき》縫殿《ぬい》どのを藩のお抱えにしてはどうかと提言していましてね。とは言え、何もかも重直公が幕府のお許しを得て国許に戻ってこられてからのことですがね……」

方長老はそう言い、目を輝かせた。

それればかりではない。

方長老の意欲は止《とど》まるところを知らず、いずれ、京で学んだ清酒の醸造法を盛岡に広めたいと言い、味噌や醬油《しょうゆ》の製造法、はたまた白煎餅《しろせんべい》まで挙げてみせるのだった。

その方長老が、今日は、甘野老から黄精を作って見せてくれるのである。

弥兵庫は逸る心を宥めながら、下小路《したこうじ》惣門《そうもん》の手前を右に曲がった。

すると、前方から囚人が数珠《じゅず》繋《つな》ぎとなって宗門奉行《しゅうもんぶぎょう》配下の与力、町検断《まちけんだん》に引っ立てられ、下小路惣門のほうにやって来るのが目に留まった。

どうやら、切支丹が摘発《てきはつ》されたようである。

此《こ》の中《じゅう》、盛岡では見慣《みな》れた光景で、野次馬《やじうま》も醒《さ》めた目で引っ立てられて行く切支丹の行列を眺めていた。

この者たちは馬場《ばば》町の会所場《かいしょば》に連れて行かれ、改宗《かいしゅう》を迫られたうえ、応じない者は牢《ろう》に入れ、更には小鷹刑場《こだかけいじょう》にて処刑……。

捕《と》らえられた者の殆どが百姓で、中には女子供まで……。

弥兵庫は脚を止め、行列が通り過ぎるまで頭《こうべ》を垂れて待とうとした。

が、列の真ん中辺りにいる女ごの姿に、弥兵庫はあっと息を呑んだ。

おみよ……。

方長老の庵でお端女《はした》として働いていた、あのおみよではないか！

おみよも弥兵庫の視線に気づいたとみえ、狼狽《うろた》えたように視線を泳がせた。

が、次の瞬間、横目に弥兵庫を窺《うかが》うと、微《かす》かに首を振ってみせた。

何も言うな、自分のことは知らぬ振りを徹してくれという意味であろう。

弥兵庫はどうしてよいのか解らず、茫然と佇《たたず》んでいた。

今、ここで騒げば、方長老に迷惑がかかる……。

咄嗟《とっさ》に、そんな想いが頭を駆け抜けたのである。

おみよもそれが解っているから、自分のことは知らない振りで徹してくれと言っているのではなかろうか……。

「もたもたするでない！　速く歩け！」

町検断が大声を上げる。

切支丹の列は無言のまま整然と続いた。

弥兵庫の胸がきりりと疼《うず》く。

おみよは改宗を迫られ、それに従うのであろうか……。

「おら、じゃごたれだども、方長老さまの言うごと、よう解りがんす。ありがとがんした……」

そう言って、ぺこりと頭を下げたおみよ……。

と、そのとき、弥兵庫の隣で行列を眺めていた、職人ふうの男がぽつりと呟いた。

「なんでも三《み》ツ割村《わりむら》の納屋で礼拝が行われとったなんす。大方、どこぞのどんぱづ（いい加減な者）が欲さこいて、検断に垂れ込んだなんす……。こっただにまぎ（一族）がのんのめがして（大勢で）、気の毒なごった……」

「まぎだと？　じゃ、今のは一族郎党ってことか！」

弥兵庫が思わず甲張った声を上げる。

「ほだ……。なんぼかでァんだり（他人）がおるかもしれん。ほだども礼拝にかだったんだども（参加したら）、とっとぱれェ（終わり）だども……。そうでがんすえん？」

男が上目に弥兵庫を窺う。

弥兵庫は挙措を失った。

「ああ、まっ、そうだろうな……」

切支丹の行列は、最後尾が下小路惣門へと消えようとしていた。

行列は外曲輪《そとくるわ》へと入り、上ノ橋を渡って南に下り、馬場町に向かうのであろう。

弥兵庫はハッと我に返ると、再び、北山に向けて歩き出した。

おみよが捕《つか》まったことを、方長老は知っているのであろうか……。

だが、いつもは庵に隠れているはずのおみよが、何ゆえ、三ツ割村に行ったのであろう。

いや、待てよ。それより、おみよを救い出す手立てはないものだろうか……。

ああ、駄目だ……。一旦捕まってしまうと、おみよがあっさりと改宗しない限り、救い出すことは不可能である。

町奉行は寛永十年(一六三三)、重直の肝入《きもい》りで創設された。

勿論、これは重直が江戸に倣《なら》い、城下の治安を守るために作られたのであるが、町奉行の役割は犯罪者の取り締まりばかりでなく、切支丹の摘発が主なる目的であった。

そのため、奉行の配下には寺社、宗門奉行が置かれ、その下に与力方、十人組同心《じゅうにんぐみどうしん》、町検断が就《つ》き、更にその下に、目明かしが……。

検断とは町内の役職で、藩から任命された。

盛岡城下では、各町内に検断が置かれ、藩からの令達《れいたつ》を町内各戸に触れ回り、軽犯罪の取り締まりを行うといった、江戸でいえば自身番の役割を果たしていたが、何より重要な役目は、宗門《しゅうもん》改《あらため》の手続を行うことだった。

と、こんな具合に、藩では微《び》に入り細《さい》に入り、切支丹の摘発に尽力《じんりょく》を尽くしているというのに、改宗を拒《こば》む者の赦免《しゃめん》を願い出たところで、歯牙《しが》にもかけてもらえないのは目に見えていた。

とにかく、方長老の考えを聞いてみるのみ……。

弥兵庫はそう腹を括ると、脚を速めた。

方長老は経文《きょうもん》を繙《ひもと》いていた。

「方長老さま、おみよのことをお聞きになりましたか？」

弥兵庫が訊ねると、方長老は経文から目を上げ、ああ……、と呟いた。

「三ツ割村の納屋で捕まったと聞きましたが、何ゆえ、おみよはそんなところに……」

方長老が弥兵庫を瞠《みつ》める。

「実は、数日前から庵を窺《うかが》う者がいてよ……。用があるのなら訪ねて来ればよいものを、木陰からじっとおみよを窺っていたというのよ。それで、おみよは自分が切支丹であることが既に周囲《まわり》に暴露《ばれ》ていて、捕まえる機宜《きぎ》を窺っていると気づいたようで、昨日、暇を取らせてくれと言ってきた……。わたしは案じることはない、ここにいよ、と言ったのだが、おみよは頑として首を縦に振ろうとしないばかりか、父親《てておや》の容態《ようだい》が芳しくないので、どうしても傍について看病してやりたいのだと嘘まで吐いた……。それで、わたしはおみよには覚悟があるのだと悟ってな。それ以上、引き止めることは出来なかった……。先ほど、下男が城下まで脚を延ばし、三ツ割村の納屋が摘発され、その中におみよもいたと聞いてきたのよ」

方長老はそう言うと、静かに目を閉じ、口の中で念仏を唱えた。

「方長老さま、それでよいのでしょうか！」

「それでよいとは？」

「おみよが捕まったというのに、このまま座視していてよいのでしょうか……」

「では、そなたならどうすると？」

「……」

「答えられないであろう。わたしも同じでな。わたしにはおみよを匿《かくま》うことは出来る。だが、ここを出て行きたいと言うのを止めることは出来なかった……。すべては、おみよの意思なのでな」

「おみよがここを出て行くと言ったのは、方長老さまに迷惑がかかるのを懼《おそ》れたからではないですか！　あっ、失礼しました。身の程を弁《わきま》えず、つい、生意気なことを言ってしまいました……」

弥兵庫が気を兼ねたように言う。

「いや、よいのだ。そなたがそう思うのも無理はない。まさに、おみよはそう思ったのだろうからよ……。だが、考えてもみなさい。おみよは根っからの切支丹で、端《はな》から改宗しようという気は持っていない……。それ故、一度は隠れようと思ったにしても、自分のせいで関わりのない者を巻き込むことになったのでは、イエスさまに申し訳ないと考え直したのであろう……。それで、三ツ割村に戻れば捕まるということが解っていて、敢えて、ここを出て行った……。おみよの中では、イエスさまに身を呈《てい》す覚悟が出来ていたに違いない。わたしはそのことに気づき、もう何も言うまいと思った……。それに、おみよを匿ったことで、わたしが捕まるとどうなると思う？」

「……」

弥兵庫がとほんとする。

方長老の言おうとしていることが、咄嗟《とっさ》には理解できなかったのである。

「わたしは罪人として盛岡藩に御預けの身……。藩からは、御預人として手厚く扱ってもらっている。そのわたしを藩が捕まえて、どうする？　他の者と一緒に幽閉《ゆうへい》でもするか？　そんなことをしたのでは、藩の面目丸潰《めんぼくまるつぶ》れとなり、それでは、これまでしてきたことが何もかも水泡《すいほう》に帰《き》してしまう……。従って、藩はわたしを捕まえても、お目こぼしをせざるを得なくなる。とは言え、それでは領民に示しがつかない……。おみよはそのことに気づいたのだ……。ここにいれば捕まることもなく生命《いのち》は助かるだろうが、イエスさまに仕える者として、自分だけがそんな狡《ずる》いことをしてよいものだろうかと……」

「それで、おみよは捕まることを覚悟のうえで、ここを出て行ったと……。と言うことは、改宗を迫られても応じる気はない、つまり、死を覚悟しているということ……」

弥兵庫は、ああ……、とと胸を突かれた。

とろとろと牛の涎《よだれ》のように続く、切支丹の行列……。

あのとき、おみよが弥兵庫に向けた目……。

微《かす》かに首を振ってみせたが、その目に怯《おび》えた色はなく、寧《むし》ろ、満ち足りた笑みを浮かべていたではないか……。

あれぞ、神々《こうごう》しい顔といってもよいだろう。

おみよは長い巡礼《じゅんれい》の旅に出掛けたのである。

そして、その先にあるのは、イエスと同じ受難《じゅなん》の道……。それを至福《しふく》と思っているに違いない。

おみよは信念のもとに生き、信念のもとに果て、それを至福と思っているに違いない。


それが、不憫《ふびん》とどうして言えようか……。

「では、おみよのためにしてやれることは、何ひとつないということですか……」

弥兵庫がそう言うと、方長老は目許《めもと》を弛《ゆる》めた。

「いや、一つある……。おみよのために祈ってやることだ。わたしには切支丹の祈りは出来ないが、念仏を唱えることは出来る。考え方や方法は違えど、想いは同じ……。わたしはそこもとが訪ねて来るのを待っていたのよ。どうだ、法泉寺まで付き合わないか？　それとも、宗派が違い、一緒に仏を拝むのは嫌かな？」

「いえ、桜木家の墓所《はかじよ》は東禅寺《とうぜんじ》ですので……」

「ほう、南部家と同じとな？　成程、桜木家は古くからの南部の家臣……。それが現在《いま》は家格を下げ、さぞやお辛《つら》いことであろうな」

「いえ、家格は下がっても、品位まで下げたとは思っていませんので……。畏《かしこ》まりました。お供いたしましょう」

「今日は甘野老《あまどころ》で黄精《おうせい》を作って見せると言っていたのに、残念であったな。が、それはまた別の日にでも……」

そうして、二人は庵とは目と鼻の先にある法泉寺に向かった。

法泉寺は、東禅寺の住持東岩和尚《とうがんおしよう》によって開かれた臨済宗《りんざいしゆう》の寺である。

方長老は本尊《ほんぞん》の前に坐ると、座禅《ざぜん》を組んだ。

目を閉じ、静かに念じている。

弥兵庫もそれに倣《なら》ったが、目を閉じるとおみよの顔が浮かんできて、衝《つ》き上げる熱いものを堪《こら》えることが出来なかった。

はらはらと涙が頬を伝う。

我が身をこのまま空《くう》なりと観《かん》じるなど、到底《とうてい》、無理というもの……。

いいさ、これもまた、答え……。

弥兵庫は涙が流れるままに身を委《ゆだ》ねていた。

衆生《しゆじよう》は仏なり……。

おみよ、信じる神は違えども、おまえにもこの意は解るよな……。

「泣くがよい。それもまた供養《くよう》であるぞ」

本堂の中に、方長老の低い声が響き渡った。


寛永十三年の四月に言い渡された重直の逼塞は、年が明け、十四年（一六三七）に入っても続いていた。

従って、この年は城中における公式の最大行事ともいえる、正月の御年頭御礼《おねんとうおんれい》は控えることになった。

常なら、藩主が江戸にいて盛岡を留守にしていても、城代家老が代わりを務め家臣からの年始挨拶を受けるのであるが、さすがに重直が逼塞中とあっては控《ひか》えざるを得なくなったのである。

そうして、明日が小正月というときである。

大奥にいる綺良の許《もと》に、兵庫危篤《きとく》の報がもたらされた。

綺良は急ぎ滝路に宿下がりを願い出た。

最上奥のことがあり、此の中すっかり角の取れた滝路はいともあっさり宿下がりを許してくれ、綺良はなんと二年ぶりに我が家に戻ることになったのである。

が、一足遅かった。

綺良が外加賀野小路の組屋敷に戻ってみると、兵庫は一刻《いっとき》（二時間）ほど前に息を引き取り、白布《はくふ》で顔を覆《おお》われ横たわっていたのである。

おときが目を真っ赤に泣き腫《は》らし、ひと足遅かったながんす、と言い、綺良を抱きかかえるようにして、ワッと声を上げた。

弥兵庫が、父上の顔を見てやってくれ、と白布を外し、綺良を促《うなが》す。

「お父さま……」

綺良は腰砕《こしくだ》けしたように、兵庫の枕許《まくらもと》に腰を落とした。

二年ぶりに見る兵庫は、往年《おうねん》の面影《おもかげ》がないほどに窶《やつ》れていた。

頬が痩《こ》け、まるで髑髏《しゃれこうべ》のようである。

「母上が家を出られて少しした頃より、体調を崩されてな。綺良に知らせようとしたのだが、父上からきつく止められたものでな……」

「どこがお悪かったのですか？」

「医者が言うには、肝の臓《かんぞう》を病んでおられたそうで、かなり前から症状が出ていたと思えるのに、本人が口に出して言わなかったのは、この世への未練を疾《と》うの昔に断《た》っていたからではなかろうかと……」

「この世への未練を断っていた……」

綺良の胸がぎりぎりと疼《うず》いた。

兵庫は先代（利直）から頼まれたことを全《まっと》う出来ず、己を責め苛《さいな》み、先への望みを失ってしまったに違いない。

恐らく、基世が去って行ったことも応《こた》えたのであろう。

すべては、あの日から始まった……。

兵庫が他の重臣たちのように、重直の気随《きずい》を見て見ぬ振りで徹していたならば、少なくとも、桜木家が家格を落とすことはなかったのである。

が、兵庫は先代との約束を守ろうとした……。

己が捨て石となっても殿をお諫《いさ》めしなければと思ったのであろうが、兵庫の想いは重直に届くことはなく、その無念さがより応えたのではなかろうか……。

ああ……、綺良の眼窩《がんか》にワッと熱いものが衝き上げてくる。

「お父さま！」

綺良は堪えきれずに、兵庫の胸に泣き伏した。

声を上げて泣いた。

おいおい、おいおい、と恰も五歳の幼児に戻ったかのような泣き方だった。

おときが傍《そば》で狼狽《うろた》えているのが、手に取るように解る。

「いいから、おとき、綺良を泣かせてやれ……。可哀相に、これまで泣きたいのを懸命に耐えてきたのであろうからよ」

「んだなはん……。いがべ、泣ぎてェだけ泣ぎなはん……」

おときのその言葉が、再び、綺良の涙を誘《さそ》い、

「お父さま、綺良は……、綺良は悔しゅうございます……」

と泣き崩れた。

兵庫の野辺《のべ》送《おく》りは、実にひっそりとしたものだった。

弥兵庫、弥次郎、綺良、おときの四人だけで、文で知らせたにも拘《かか》わらず、基世も桜木の親戚筋も誰一人顔を見せなかった。

が、早桶《はやおけ》が上ノ橋を渡ろうとしたときである。

綺良はあっと目を瞠《みは》った。

橋の袂《たもと》に、仁王小路にいた頃の若党、下僕、婢たちがずらりと棹《さお》になり、頭を下げているのが目に入ったのである。

佐伯五郎太《さえきごろうた》、竹中正兵衛《たけなかしょうべえ》、元吉《もときち》、茂作《もさく》、お由《よし》、おかず、おきみ、お多木……、おや、下男の徳《とく》爺《じい》までが……。

お由やおかずなどは涙で顔を濡《ぬ》らし、手を合わせている。

弥兵庫たちは立ち止まり、嘗《かつ》ての使用人たちに深々と頭を下げた。

「世話になりました」

綺良には何も言えなかった。

言葉を発すると、その場で泣き崩れてしまいそうに思えたのである。

が、一人一人の顔を脳裡《のうり》に焼きつけながら、有難うね、本当に有難う、と目で語った。

何より、兵庫が悦《よろこ》んでいるように思えたのである。

お父さま、ほら、見えますよね？　綺良も嬉しゅうございます。お父さまはこんなにも使用人たちに慕われていたのですもの……。

そうして兵庫の初七日も済み、現在《いま》は一月も末である。

「綺良、そろそろ城に戻らなければならないのでは？」

朝餉を終え、弥兵庫が訊ねてきた。

「もう大奥には戻りたくありません」

綺良がそう答えると、弥兵庫は驚いたように目を瞬《しばた》いた。

「いいのか？　そんなことが許されるのか？」

「七戸さまと滝路さまに御暇願《おいとまねがい》を書きました……。まだ返書は届いていませんが、恐らく、お許し下さるのではないかと思っています」

「だが、そうなると、綺良はこの先どうする？　何もしないで、父上や母上のいないこの家にいても……。いや、誤解しないでもらいたい。おまえはわたしのたった一人の妹だ。今後、わたしが綺良の親代わりとなり、護っていくので安心していてほしいのだが、以前のように稽古事に通うことも出来ず、それでは手持ち無沙汰《ぶさた》なのではないかと思ってよ……」

綺良は寂しそうな笑みを見せた。

「ホント……。女ごのわたくしには、何も出来ないのですものね。いっそ、おときに習って畑仕事でもするか、井筒屋の美郷さんにお願いして、お針の仕事でも廻してもらおうかしら……」

「莫迦《ばか》なことを！　綺良にそんなことをさせたのでは、わたしが亡き父上に叱られてしまうではないか……」

「そうでしょうか……。お父さまなら解って下さると思います。ほら、よく言っておられたでしょう？　人の心に貴賤《きせん》なし、身分が高かろうが低かろうが、矜持《きょうじ》を捨てさえしなければ、それほど美しい生き方はないのだからよって……。だから、お父さまは使用人の一人一人と真摯《しんし》に向き合ってこられたのです。桜木がこうなった現在《いま》、わたくしは宿命《さだめ》に従い、懸命に生きていこうと思っています」

綺良は真っ直ぐに弥兵庫を見た。

「おまえ、そのようなことを思っていたのか……。よし、解った。ならば、わたしに考えがある」

えっと、綺良は弥兵庫を瞠めた。

「方長老さまに綺良のことを話してみよう」

「方長老さまって、あの御預人の？」

「ああ、そうだ。先日、方長老さまの庵で下働きをしていた女ごが暇を取り、現在《いま》、女手が足りていないようなのでな……。綺良にお端女《はした》の務めが出来るかどうか解らないが、話してみるだけ話してみよう。と言うのも、あの方は博学のうえに文人でもあり、茶道にも精通《せいつう》しておられる。あの方の傍にいれば、学べることが多いと思えるのでな。どうだ？　良い考えとは思わないか？」

弥兵庫が満足そうに綺良に微笑《ほほえ》みかける。

「長く京におられたのですよね？　まあ、そのような方にお仕えできるなんて……。お兄さま、是非、お口利《くちき》き下さいませ」

「ああ、解った」

傍で聞いていたおときも、目を輝かせる。

「お嬢さま、良かったがんすな！　ほだども、方長老さとこの女衆は罪つぐりだごった……。伴《ば》天連《てれん》だったたべが……。そうでがんすえん？」

おときが弥兵庫の顔を窺う。

「伴天連？」

綺良の胸がきやりと揺れる。

「ああ、そのようだな……」

弥兵庫は辛そうに眉根を寄せた。

あれから、おみよはどうなったのであろうか……。

そう気にしつつも宗門奉行に問い合わせるわけにもいかず、あれ以来、方長老もおみよのことを口にしないものだから、現在《いま》、おみよがどうなっているのか皆目《かいもく》判らないのだった。

とは言え、これまでの処刑者の中におみよの名前がないところを見ると、今も尚《なお》、入牢中《じゅろうちゅう》なのであろうが、今後、おみよがとても改宗に応じるとは思えない。

弥兵庫の眼窩《がんか》に、町検断に引っ立てられて行くおみよの顔が甦《よみがえ》る。

一毫《いちごう》たりとも迷いのない、神々しい面差し……。

おみよは誇りを持って、イエスの許に嫁いでいくに違いない。

「その方が暇を取ったということは、では、伴天連狩りに……」

綺良が息を呑む。

「いいな、綺良。方長老さまの前でその話に触れるでないぞ！　方長老さまもお辛いのだろうから……」

「はい」

綺良の胸がちかりと痛む。

辛いのは、わたくしだけではない。

人は皆、各々《おのおの》が胸に懊悩《おうのう》を抱えているのだ……。

決して、挫《くじ》けるものか！

お父さま、見ていて下さい。綺良は前を向いて歩んで参ります……。

綺良は改めて、胸の内で兵庫に誓いを立てた。


数日後、御暇願の認可が下り、綺良は方長老の庵を訪ねた。

「ほう、そなたが弥兵庫どのの妹御《いもうとご》とな？　弥兵庫どのの話では、これまで大奥のお女中をしておられたとか……。では、一通りの嗜みは身につけているということ……。それは頼もしい。ならば、今後は、それがしの傍にいて、茶人、客人の接待に努められよ。まっ、一日ここにいれば解るであろうが、それは次から次へと人が訪ねて来るのでな……。その者たちの話し相手になってくれると助かるというもの……」

「えっ、わたくしがでございますか？　わたくしはてっきりお端女として仕えさせてもらうのだと思っていましたが……」

「なに、勝手方は間に合っている。それより、わたしの手脚となってくれるほうが有難いのだ」

「わたくしに務まるでしょうか……」

「務まるとも！　綺良どの、茶道は心得ておられるのかな？」

「はい。少々……」

「それは心強い……。が、ここを訪ねて来るのは、茶人ばかりではない。先日、甘野老《あまどころ》で黄精飴《おうせいあめ》を作りたいと教えを請いに来た者がいたが、昨日は、上方《かみがた》に倣って清酒の醸造をと言ってきた……。そう、今日も午後から十一屋《じゅういちや》が訪ねて来るので、綺良どのも清酒がどのようにして造られるのか学ぶとよい」

「清酒ですか……」

「ああ、これまで、この辺りの酒は濁り酒だったが、上方では発酵中《はっこうちゅう》の酒に蒸米《むしごめ》や麴《こうじ》を加えることで、透明な酒を造る……。この方法を盛岡でも是非にということでな」

そう言うと、方長老は、皆は下り酒を高嶺《たかね》の花と思っているようだが、そう思うのなら、自らの手で美味《うま》い酒を造り出せばよい。美味い酒はよい米とよい水で造られるが、盛岡のこの地に降り立ったわたしは、真っ先に、この地なら、美味い酒が造れると思った……、と語った。

恐らく、五十路に手が届いたであろう、方長老……。

が、その目の輝きはどうだろう。

綺良は眩《まぶ》しいものでも見るように、方長老を瞠めた。

弥兵庫から聞いた話によると、方長老は柳川一件で藩の犠牲になった形で盛岡に流刑となったというが、こうしてみるに、方長老は過ぎ去りしことへの旧怨《きゅうえん》など、微塵芥子《みじんけし》ほども持ち合わせていないようである。

現在《いま》ある状況を存分に咀嚼《そしゃく》し、その中で、新たなる悦びを見出そうとしているのだった。

これほどの生き方があるであろうか……。

綺良は方長老に出逢えたことを有難く思った。

それからの綺良は、見事に立ち直った。

「このところの綺良は、まるで別人のように明るい顔になったではないか！　余程、方長老さまのところに通うのが愉しいようだな」

そろそろ秋の気配が立ち始めた頃、弥兵庫がちょうらかすようにそう言った。

「ええ、愉しくって！　方長老さまにお逢いしていると、些細《ささい》なことにくしくししていたことが恥ずかしくなりました……。ねっ、お兄さま、聞いて！　盛岡は砂鉄の産地だから、これを利用すれば鎌《かま》や鍬《くわ》といったものだけでなく、茶の湯釜や鉄瓶《てつびん》、鍋《なべ》といったものも作れるのですって……。盛岡を鉄器の生産地とすれば、これまで以上に藩の財政を潤し、金の採掘にほんの少し翳《かげ》りの見えてきた昨今《さっこん》、これほど心強いものはないそうですのよ……」

綺良が得意満面に話すのを見て、弥兵庫はくすりと肩を揺らした。

「あら、何が可笑しくって！」

「いや、可笑しくはない。ただ、そうして滔々《とうとう》と話している姿を見ると、綺良が方長老さまに見えてきたものだからよ」

「まっ、お兄さまったら！」

綺良と弥兵庫は顔を見合わせ、くすりと笑った。

ところが、十月に入ってからのことである。

馬場町の会所場の牢に入れられていたおみよが、拷問《ごうもん》の末、生命《いのち》を落としたとの報が伝えられたのである。

弥兵庫は方長老の庵にてその報を受け、がくりと肩を落とした。

「方長老さま、おみよの屍はどこに葬られるのでしょうか？　せめて、屍を引き取り、ここで手篤く葬ってやることが出来ないものでしょうか……」

弥兵庫がそう言うと、方長老は辛そうに首を振った。

「無理であろうな。おみよは病死として処理され、切支丹は塩漬《しおづ》けにして土葬されるという……。聞くところによると、その大半が祇陀《ぎだ》寺だとか……」

ああ……、と弥兵庫は目を閉じた。

「お兄さま……」

綺良が気遣わしそうに声をかける。

それほど、弥兵庫の顔は蒼白《そうはく》だった。

弥兵庫はおみよのために何もしてやることが出来なかったことを、悔《く》いていたのである。

だが、それは、おみよが望んだこと……。

そうは解っていても、まだ二十代の若さで果てていったことが、口惜しくてならない。

「弥兵庫どの、祈ることだ……。我々に出来るのは、そのくらいのことしかないのでよ」

方長老の言葉が身に沁《し》みた。

そうして、その年の十二月、逼塞を命じられていた重直の周辺に遽《あわただ》しい動きがみられたのである。

重直の側近がこれまで赦免《しゃめん》に向けて奔走《ほんそう》したのが功を奏し、十二月二十日、やっと幕府より赦免の通達を受けたのだった。

盛岡藩では先代利直公が徳川頼房《よりふさ》（家康の十一子、水戸藩初代藩主）と旧交があったことから水戸家に渡《わたり》をつけ、松平出羽守直政《まつだいらでわのかみなおまさ》（家康の二男結城秀康《ゆうきひでやす》の三男）と内談のうえ、天海僧正《てんかいそうじょう》を通じて春日局《かすがのつぼね》に重直を赦免するようにと働きかけたのである。

春日局は孫である奏者番《そうしゃばん》の稲葉美濃守正則《いなばみののかみまさのり》や老中阿部豊後守《ぶんごのかみ》忠秋に働きかけ、家光から重直赦免の沙汰を引き出した。

水戸様々《さまさま》、春日局様々……、といってもよいだろう。

この知らせを受け、重直は自ら国許に文を認《したた》め、重臣たちを江戸に招集した。

八戸弥六郎、北九兵衛、北主馬《しゅめ》、中野吉兵衛、桜庭兵助、日戸五兵衛《ひどごへえ》ら重臣は、急ぎ盛岡を出立し、幕閣老に拝謁《はいえつ》して恩赦《おんしゃ》を謝したのである。

そうして、感謝の意を込め、将軍、幕閣への進物や接待も滞《とどこお》りなく行われた。

馬や鷹は言うまでもなく、鶴、白鳥、鴨《かも》、雉子《きじ》、山の芋、串海鼠《くしこ》、串鮑《くしあわび》などが国許に要求された。

このことから見ても、当初いつまで続くか判らなかった逼塞が、僅か二年足らずで終わったことが、重直を始め重臣たちにとって、余程嬉しかったと思われる。

翌年の寛永十五年（一六三八）は、盛岡藩にとって輝かしき年となった。

何しろ、藩主の逼塞が解《と》かれ、晴れて胸を張って歩けるようになったのであるから、どこかしら、領民たちの面差しにも明るさが戻ったかのように思えた。

そして、その年の春のことである。

綺良は方長老の遣いで本町へと出掛け、筆と紙を求めて帰途《きと》につこうとした。

「まあ、誰かと思ったら、綺良さんではないですか！」

背後から声がかかり、綺良ははっと振り返った。

なんと、美郷ではないか……。

「美郷さま……」

「お懐《なつ》かしいこと、何年ぶりかしら？」

美郷に言われて、綺良が首を傾げる。

兵庫が重直の逆鱗に触れ、扶持取りに降格《こうかく》となったのが三年前のことで、綺良が十八歳のとき……。

その後、綺良は大奥に上がり、美郷とはすっかり疎遠《そえん》になっていたのである。

すると、美郷は二十二歳になったのであろうか……。

「美郷さま、ちっともお変わりになっていませんこと！」

「綺良さんこそ……。そう言えば、あれから大奥に上がられたのですってね？　ねっ、ねっ、大奥ってどんなところなのかしら……。わっ、聞きたいことが一杯ありすぎて、胸がわくわくしてきちゃう！　綺良さん、あたしの家にお寄りにならないこと？　積もる話をしましょうよ」

美郷が綺良の手を取り、ゆさゆさと揺する。

「けれども、わたくしはすぐに北山に戻りませんと……」

「えっ、現在《いま》、北山にお住まいなの？」

「いえ、住まいは外加賀野小路ですけど、現在《いま》は方長老さまのお世話をしていますの」

「方長老さまって、あの御預人の？　へえェ、そうなんだ！　じゃ、尚更《なおさら》、話を聞きたくてうずうずしてきちゃう……。ねっ、長くとは言いません。半刻《はんとき》（一時間）でよいので、話しませんこと？」

美郷が縋《すが》るような目で見る。

井筒屋は目と鼻の先……。

「解りました。では、半刻ほど……」

美郷は嬉しそうに笑みを見せると、綺良を井筒屋へと案内した。

見世の脇の通路を通り、奥手にある母屋《おもや》へと入って行く。

井筒屋は三年前と少しも変わっていなかった。

「まあ、桜木のお嬢さま！　お久し振りですこと……。そう言えば、大変なことがおありになったのですってね？　うちでも大層心を痛めていたのですよ。けれども、商人《あきんど》の分際では何も出来なくて……」

美郷の母瑞江《みずえ》は綺良を見ると、いきなりそう畳みかけてきた。

「お母さま、もうそのくらいで！　いいこと？　あたしは綺良さんとお話があるので、邪魔をしないで下さいね」

美郷がぴしゃりと瑞江を制し、さっ、あたしの部屋に参りましょうか、と綺良を促す。

「ねっ、それで、大奥はどうでした？　あの悪名《あくみよう》高き最上奥と一緒だったのでしょう？」

美郷は部屋に入ると、早速、最上奥へと水を向けてきた。

やはり、そのことが聞きたかったのであろう。

「ええ。けれども、わたくしはお亀の方の世話係で、最上奥とはあまり接していませんの」

「えっ、あのお亀の方の……。殿さまもお亀の方には随分と酷《ひど》いことをなさいましたこと……。だって、お亀の方は殿さまのお子を宿しておられたのでしょう？　それなのに、最上奥の言葉を信じ、お亀の方が嘘を吐いたと斬り捨てられたのですものね……。いいこと？　ここだけの話ですよ。あたし、その話を聞いて、重直公のことが嫌いになりましたのよ。正な話、江戸育ちで風雅を好み、なかなかの男っぷりと聞いて、ほんの少し憧《あこが》れていたんだけど、お亀の方にされた仕打ちといい、そう、綺良さんのお父さまにだって、あんな酷《ひど》いことをされたのですもの……、一遍で嫌いになってしまいましたのよ。綺良さん、辛い想いをされたのでしょうね。ごめんなさいね。何も力になってあげられなくて……。けど、これは弁解じゃないのよ。あたしね、一度、外加賀野小路を訪ねたことがありますのよ。けれども、綺良さんはもう大奥に上がられた後で……。あたしが訪ねたことをお聞きになりませんでした？」

「いいえ、何も……」

「そう……。きっと、伝えても仕方がないと思われたのでしょうね」

「誰が応対に出ました？」

「お端女だと思うけど……」

成程、おときなら頷ける。

おときはきらびやかに着飾った美郷に、敵意を持ったのではなかろうか……。

「それはそうと、三年前、美郷さまは縁談があるとおっしゃっていたけど、その後、どうなりましたの？」

綺良は話題を替えた。

「ああ、あれね……。勿論、断りましたわ。一廻り以上も歳上で、しかも、一度離縁された男《ひと》なんて嫌！　それに、あのときは十九歳になったばかりだったので、ゆったりと構えていれば、そのうち良縁に恵まれるだろうと思ってね……。ふふっ、ゆったりと構えすぎて、二十二歳にもなっちゃった！　でも、いいの。いつかは運命の男《ひと》に逢えるだろうと思ってね。ところで、お兄さまはどうなさいました？　あれから、所帯をお持ちになりましたの？」

ああ、そうだった……。

そう言えば、あのとき、美郷は弥兵庫に想いを寄せていると言ったのだ……。

「いえ、まだ独り身ですよ。あれから状況が変わり、現在《いま》では三十五石の扶持取りですからね。所帯を持つといっても、なかなか……」

「けれども、お兄さまはもう三十路に……。そろそろ身を固めなければならないのでは？　そうだ！　身を固めるで思い出しましたけど、殿さまの義弟君《おとうとぎみ》、そう、彦六郎さまだったかしら？此度、その彦六郎さまの縁談が調われたとか……。綺良さん、知っていらっして？」

綺良の胸が激しく音を立てた。

「美郷さま、本当なのですか！　どなたからそれを……」

「どなたからと言われても……。ほら、うちは御用商人でしょう？　そういったことはすぐに耳に入りますからね。なんでも、殿さまがご赦免になり、この際一気に慶事《けいじ》をということで、家臣の玉山《たまやま》さまのご息女を娶《めと》るようにと言われたそうで、今月中にも祝言《しゅうげん》が挙げられるのではないかと……。彦六郎さまも二十三歳ですものね。妻帯されてもおかしくはない歳……。ふふっ、二十二にもなって未《いま》だ独り身のあたしが言うのも妙な話なんですけれどね……」

綺良の頭の中は真っ白になっていた。

彦六郎が妻女を娶るなんて……。

幼い頃、綺良を嫁にすると約束してくれたことを、彦六郎は大人になっても憶《おぼ》えていてくれたのである。

七戸直時の屋敷を訪ねて行ったとき、彦六郎はこう言った。

「ああ、気持は変わっていないよ。以前のように気軽に逢うことは出来なくなったが、逢えなくとも、綺良が城内にいると思うと、内丸にいるわたしも綺良と一緒にいるような気持でいられるのでな……」

そして、こうも言ったのである。

「ああ、やっと盛岡に入れた……。だが、まだ藩でのわたしの立場が確立されていないのでな。現在《いま》は、相も変わらず七戸どのの居候……。そんな理由《わけ》で、綺良を嫁に貰うのはいつになるやら……」

あのとき、彦六郎は暗《あん》に綺良を嫁にすると匂《にお》わせたのである。

それなのに何故……。

藩での立場が確立されていないのは、あのときも現在《いま》も変わりはしない。

だのに、他の女ごを娶るとは……。

「綺良さん、どうかしまして？　お顔が真っ青……。あたし、何か気に障《さわ》ることでも言いましたかしら？」

美郷が綺良の顔を覗き込む。

綺良は挙措を失い、首を振った。

「ごめんなさい。方長老さまから頼まれていたことを失念していました。悪いけど、今日はこれで失礼させてもらいますね」

「あら、もう……。まだ方長老さまのことを何も聞いていないというのに……。けれども、用があるのなら、これ以上お引き留めするわけにはいかないわね。でも、いいこと？　これからはちょくちょく訪ねて来て下さいませね？　そうだわ、今日は偶然お逢いしたわけだけど、次からは方長老さまに断って来るといいわ。それなら、一緒に食事をすることが出来るし、長居《ながい》をしても叱られないでしょうから……」

「解りました。では、これで……」

綺良は這々《ほうほう》の体《てい》で井筒屋を後にした。

北山まで戻る道々、綺良は幽冥界《ゆうめいかい》を彷徨《さまよ》っているかのような心境だった。

一途《いちず》に彦六郎を慕い続けてきて、少しでも彦六郎の近くにいたいがために大奥に入り、辛いことにも悔しいことにも、いつかはきっとという想いで耐えてきたというのに、これではあまりにも酷《むご》すぎるではないか……。

なんでも、殿さまがご赦免になり、この際一気に慶事をということで、家臣の玉山さまのご息女を娶るようにと言われたそうで……。

美郷の言葉が甦《よみがえ》った。

重直公……。

ああ、彦六郎さまは、殿さまの御下命に逆らうことが出来なかったのだ……。

そうは思うが、もう一つ納得がいかない。

武家社会にて、彦六郎の縁談が政略《せいりゃく》に使われるのであれば、それも致し方ないことと諦めもつくが、相手は家臣の娘というのである。ならば、綺良であってもよいはずなのに、何ゆえ重直は……。

あっと、綺良は息を呑んだ。

お亀の方が重直の子を身籠もり、重直や最上奥から嘘を吐いていると責められたときのことを思い出したのである。

「お亀、懐妊したというのは本当のことなのか?」

「…………」

「どうした! 余にも本当のことが言えぬところをみると、では、最上奥が言うように、そなたの作り話なのだな?」

「………」

綺良はお亀の方が項垂《うなだ》れたまま何も言えないのに気を揉み、つい、重直の前に飛び出してしまったのである。

「率爾《そつじ》ながら、申し上げます。お方さまは懐妊したと言いたくても、まだ御匙に診せていない状態では、何も言えないとお思いなのではないでしょうか」

あのとき、重直は驚いたように綺良を見た。

「おまえは誰だ。面を上げよ!」

そこに、滝路が割って入り、

「お亀の方さまお付きのお女中、綺良にございます」

と言った。

「お女中? 何ゆえ、余は面識がない」

「大奥には大奥の決まりがあり、お女中には直接殿さまに接するのを止めていたからで、他意はございません」

「そのほう、名はなんという?」

「桜木綺良にございます」

「桜木……。すると、兵庫の娘か?」

「さようにございます」

「成程、それで直時がそなたを大奥へと画策したのか……。大方、余が兵庫にした仕打ちへの代償のつもりなのだろうが、ふン、小賢しいことを！　桜木の娘とやら、立場を弁《わきま》えよ。そなたが口を挟むことではない！　最上奥、余の腹は決まったぞ。お亀には即刻暇を取らせようぞ！」

重直は業腹《ごうはら》にそう言いきったのである。

あのとき、重直の胸に綺良の存在が刻《きざ》み込まれたに違いない。

それで、彦六郎と綺良が幼馴染と知り、敢えて、これ見よがしに玉山の娘を彦六郎に添《そ》わせようと思ったのではなかろうか……。

すべては綺良の推測で、まことのことは解らないが、仮にそうならば、重直に縁談を押しつけられた彦六郎が抗《あらが》えなかったのも頷《うなず》ける。

綺良は放心したように、重い脚を引き摺《ず》り、方長老の庵へと戻って行った。

翌日、綺良は高熱を発し、それから一廻り（一週間）ほど起き上がることが出来なくなった。

「綺良さァ、わらす（子供）の頃から、桜が咲く頃に熱を出しなはんども、なんして現在《いま》……」

「風邪を引いているようにも思えないが、はて……」

おときも弥兵庫も首を傾げたが、綺良は熱に浮かされながら、負けるもんか、決して負けるもんか……、と胸の内で呟いていた。

第四章　愛別離苦《あいべつりく》

寛永十八年（一六四二）、御新丸御殿が完成した。

寛永十三年に普請が始まり、五年の歳月を費《つい》やしたこの御殿は、重直の好みにより華美を尽くし、本丸にも優《まさ》る御殿であった。

一方、寛永十二年に修復工事が終わった本丸御殿のほうは、再び翌十三年に火災に遭い、以来、手つかずの状態であった。

そこで、十九年に重直の参勤御下向《ごげこう》の後は、御新丸に住居を移して、ここを仮御殿としたのである。

重直は国許《くにもと》に戻るや、精力的に動いた。

街道の整備を始めたのである。

幕府は慶長年間に主要街道に一里塚《いちりづか》を置き、六十間を一町、三十六町を一里と決めた。

これにより、各大名は国許と江戸の里程《りてい》が算出可能となり、参勤交代の日程を定めたのであるが、重直はこれまで殆《ほとん》ど整備されていなかった奥州街道に手を入れ、曲がった道を真っ直《す》ぐにしたり、坂道を平坦《へいたん》にするなどして道幅《みちはば》を三間に一定したばかりか、更に、街道の両側に松を植え、日光街道《にっこうかいどう》を手本にして奥州街道を整えていったのである。

盛岡藩の脇街道は、城下の鍛冶町《かじちょう》一里塚が起点となり、ここから秋田街道《あきたかいどう》、鹿角街道《かづのかいどう》、宮古街《みやこかい》道《どう》に分岐《ぶんき》していて、重直はこの街道造りにも尽力した。

そのため、物資の流通が容易《ようい》となり、特に内陸と沿岸の物資交流が活発化したため、三陸地方の発展と共に、他藩との交流が盛んになったのである。

また、盛岡を起点とする北上川の舟運を開いたのも、南部の鹿妻穴堰《かづまあなぜき》を完成させ、志和郡下の穀倉《こくそう》地帯を開拓したのも、重直だった。

そして、何より秀逸《しゅういつ》だったのは、元々文人趣味であった重直が前年方長老の進言を聞き入れ、甲州から呼び寄せた鋳物師《いもじ》鈴木縫殿《ぬい》家綱《いえつな》を正式に藩の御用鋳物師に執り立てたことであろうか……。

家綱は百石三人扶持《ぶち》を賜《たまわ》り、主に、茶の湯釜《がま》を製造した。

千利休に代表される茶の湯文化は、江戸に入るや黄金期となり、そこで茶人に重宝《ちょうほう》されたのが茶の湯釜だったのである。

彦六郎が玉山六兵衛《ろくべえ》の娘を娶《めと》ったことで衝撃を受けた綺良は、丸一月《ひとつき》寝込み、再び方長老の許《もと》に通い始めたのであるが、過ぎ去りしことや彦六郎のことは、忘れなければと思えば思うほど、幼い頃、閉伊《へい》の華厳院の庭で遊んだことや、枝垂れ桜を共に植えたことなどが思い出され、胸が締めつけられるように痛むのだった。

しかも、聞くまいと努めていても、彦六郎の噂《うわさ》が頻々《ひんぴん》と耳に入ってくる。彦六郎には既に秀信《ひでのぶ》、定信《さだのぶ》、行信《ゆきのぶ》と三人の男子が生まれ、更に側室を数人迎えたというではないか……。

彦六郎さまはお幸せで、わたくしのことなど、もうお忘れなのだ……。

そう思うと、胸がぎりぎりと痛むのだった。

寛永十九年のこの年、綺良は二十五歳になっていた。

綺良に縁談が持ち上がったのも、この年である。

相手は弥兵庫と同じ御使者小者を務める棹山甚内《さおやまじんない》という男で、歳《とし》は二十七歳……。

桜木家は嘗《かつ》て三百石賜っていたといっても、今や弥兵庫は三十五石の扶持取りで、家格から見ても年齢から見ても、綺良には恰好《かっこう》の相手といえるのであろうが、甚内は実に凡庸《ぼんよう》な男で、一度見合らしきことをすることはしたのだが、綺良は甚内に惹《ひ》かれるものを何ひとつ感じなかった。

「棹山のどこが気に入らない……。奴は実直な男で、何より綺良にご執心《しゅうしん》なのだ。綺良が嫁に来てくれれば、下にも置かない扱いをすると、そこまで言ってくれてるのだぞ。棹山の家は我が家と同じ三十五石だが、奴の祖父《じい》さまというのが一時期山師の真似事《まねごと》をしていたらしく、金はふんだんにあるという……。よって、家内のことは婢《はしため》や下男がやってくれるそうで、綺良は仁王小路にいた頃のように、好きな稽古《けいこ》事をして暮らせるのだ。わたしは良い話だと思うが……」

弥兵庫は綺良が乗り気でないのを見て取ると、訝《いぶか》しそうに言った。

「わたくしは現在《いま》の暮らしに不満を持っていません。それに、棹山さまはわたくしのことをどこまでご存知なのでしょう」

「どこまで知っているかといっても……。とにかく、あいつは仁王小路にいる頃から、綺良に羨《せん》望《ぼう》の目を向けていたというのだからよ」

「仁王小路にいた頃って……。綺良は棹山さまにお逢《あ》いしたことがありません」

「いや、逢ったというより、おまえがお針の稽古に通う姿を陰から眺め、心をときめかせていたそうでよ……」

「尚更《なおさら》、嫌です、そんな男《ひと》！　陰から眺めていたなんて気色悪い……。それに、その頃には何も言えなくて、桜木が零落《おちぶ》れた現在《いま》、金にものを言わせようなんて！　お断りして下さい。綺良は身分や金で殿方の値打ちを計ろうとは思っていません。そんなものより、心《しん》からお慕いする男《ひと》でないと……」

綺良はきっぱりとした口調で言った。

弥兵庫が哀《かな》しそうな目をして、綺良を瞠《みつ》める。

「綺良、おまえはまだ彦六郎さまのことが忘れられないのか……」

「えっ……」

綺良の胸がきやりと揺れた。

「わたしが気づかなかったとでも思うか？」

「でも、どうして……」

「幼い頃より彦六郎さまのことを語るときの、おまえの目の輝き……。彦六郎さまのことが好きで好きで堪《たま》らないのだなと思っていた。が、それは幼馴染《おさななじみ》としてで、兄のように慕っているからだとも思った。ところが、おやっ、これはもしかして本気なのではと感じたことがあってよ……。ほれ、おまえが大奥に上がることになったときのことよ……。女ごにしては気の勝ったおまえの性分を知っているわたしは、きっと、おまえは大奥に上がることに抵抗すると思っていたところ、存外にもあっさりと承諾した……。大奥とはいえ、お女中だぞ？　気位《きぐらい》の高いおまえが側室の世話をすることは許せないと思って当然と思っていたのに、何ゆえ……。そこで、わたしは彦六郎さまのことを思い出した……。大奥に上がれば、内丸におられる彦六郎さまに逢える……。そう思ったから、おまえは大奥に上がることを承諾したのではないかな？　なっ、そうであろう？」

「………」

「綺良がそこまで思うのは、彦六郎さまとの間で何か約束事が交わされていたからかもしれない……。だが、よく考えるのだ。子供の頃の約束事など他愛《たあい》のないもので、大人になってそれが通るはずもない。しかも、彦六郎さまは側室のお子といっても歴《れっき》とした先代藩主利直公のお子……。桜木家はその家臣であり、今や扶持取りにまで格下げされてしまっている。嘗《かつ》て、彦六郎さまが何を言われたのか知らないが、そんなものを真《ま》に受けてどうする！　所詮《しょせん》、綺良には猿猴《えんこう》が月……。諦《あきら》めるよりほかないだろう」

「解っています。けれども、幼い頃より一途《いちず》に慕ってきたのですもの、お月さまに石打と解っていても、そうそう心に歯止《はど》めが利くものではありません。それに、彦六郎さまの正室になられた方は、家臣の娘御というではないですか！　ならば、わたくしにもその機宜《きぎ》があったかもしれないと思うと、尚更、口惜しくて……」

綺良が悔しそうに唇を嚙《か》む。

「では、おまえは父上を恨んでいると？　父上が殿のお怒りを買うようなことをなさらなければ、彦六郎さまと添えたかもしれないと、そう思っているのか？」

「いえ、そういうわけでは……。ああ、ごめんなさい。お父さま、許して下さいませ……」

綺良の頰《ほお》を涙が伝う。

いつまでも彦六郎に未練を残すことが、兵庫を責めることになるとは……。

お父さま、お許し下さいませ、綺良はそんなつもりで言ったのではないのですから……。

弥兵庫が手拭《てぬぐい》を手渡す。

「どうだ、胸の内を吐き出したら、少しは楽になったのではないかな？　彦六郎さまのことはきっぱり諦めるのだ。それより、綺良に見合った男《ひと》と手を携《たずさ》え、これからは前を向いて歩いていくことだ。では、棹山どのはどうしても嫌だというのだな？」

弥兵庫が探るような目で綺良を見る。

「はい。申し訳ありませんが、お断りして下さいませ」

「解《わか》った。だが、綺良もいまや二十五歳……。女ごとしては疾《と》うの昔に薹《とう》が立っているというのに、選《よ》り好みをしていてよいのかな」

「薹が立とうと構いません。綺良はこれからもこの方ならと思えるお方でないと、所帯を持つ気にはなれませんので……。それより、お兄さまこそ、早くお嫁さんをお貰《もら》いになりませんと……」

弥兵庫は苦笑した。

「わたしのことは考えなくてよい。わたしは兄として綺良を嫁に出すまで所帯を持つ気がないのだからよ」

「あら、そんなことを言っていたら、生涯、独り身を徹さなければならなくなるかもしれませんことよ」

「おいおい、おまえ、いつまでも嫁に行かないつもりなのかよ！」

綺良はくすりと肩を揺らした。

弥兵庫も今や三十路《みそじ》半ば……。

これまで浮いた話ひとつなかったが、それは家長として綺良を護《まも》らなければという想《おも》いと、おみよに何もしてやれなかったという想いに、未《いま》だ苛《さいな》まれているからなのかもしれない。

「そう言えば、井筒屋の美郷さんが婿《むこ》をお貰いになったとか……」

弥兵庫が思い出したように言う。

「えっ、美郷さまが……」

初耳であった。

「どなたと祝言をお挙げになったのですか？」

「それが、番頭の一人だとか……。歳も美郷さんより一歳年下だという。なんでも、美郷さんがその男を大層気に入って、何がなんでも一緒にさせてくれと父御《ててご》に頭を下げられたとか……。まっ、なんにしたって目出度きことよ。だが、綺良がこのことを知らなかったとは妙だな……」

「このところ、あの界隈《かいわい》に脚を向けていなかったので、それで耳に入らなかったのだと思います。けれども、良かったわ！　美郷さまが好きな方と一緒になられたのですもの……」

綺良は心《しん》から嬉《うれ》しそうな顔をした。

一時は弥兵庫を慕っていた美郷だが、自ら選んだ男《ひと》と一緒になることが出来たのであるから……。


綺良のことは、方長老も胸を痛めてくれていたようである。

何があったのかと直接口に出して訊《たず》ねることはなかったが、綺良が一月《ひとつき》ほど起き上がれなくなったことで、どうやら心に深い疵《きず》を抱えていると察したようで、再び綺良が庵《いおり》を訪ねるようになってからは、積極的に表に連れ出すようになったのである。

方長老が出掛けるところは、ときには酒蔵《さかぐら》であったり、味噌《みそ》蔵《ぐら》、飴《あめ》屋《や》、煎餅屋《せんべいや》、生薬屋《しょうやくや》と多岐にわたっていた。

そのどれもが方長老から某《なにがし》かの教えを請うた商人であり、方長老はどこに行っても持て囃《はや》されたのである。

中でも綺良が興味を惹《ひ》かれたのは、牛乳であろうか……。

綺良には牛の乳が薬用として使われるなど思ってもみなかったことで、飲んでみろと勧《すす》められてひと口飲んだ牛乳の、なんと、まったりとした濃厚な味……。

もっと獣臭《けものくさ》いのかと想像していたのに、ちっともそんなふうには思えなかった。

そして、更に心を動かされたのは、肴町《さかなちょう》の東に位置する鋳物師鈴木縫殿家綱の鋳造所を訪ねたことであろうか……。

茶道を嗜《たしな》む綺良はこれまで何気なく茶の湯釜を使ってきたが、鉄が溶け鋳型《いがた》に流し込まれ、冷《れい》却《きゃく》されるその工程を眺めていると、全身が緊張で粟立《あわだ》つのを感じた。

出来上がった茶の湯釜は凜《りん》としていて冷たくも感じるが、溶《と》けて黄色い光を放つ湯、（とかされた鉄）のなんと柔らかげで温かいこと……。

鉄の持つ、陰と陽をそこに見た。

鉄器はまず鋳型を作ることから始まる。

これは湯を流して成型《せいけい》するためのものであるが、胴型《どうがた》と尻型《しりがた》に分かれ、全体は円柱状《えんちゅうじょう》の形をしている。

その内部は粗い砂を押し固めた層と釜の表面となる滑《なめ》らかな層で作られていて、鋳型が正確に作られていなければ、よい釜は作れない。

一方、中を空洞《くうどう》にするための中子《なかご》が別に作られ、鋳型が乾燥しないうちに行われるのが文様押《もんようお》しと肌打《はだう》ちである。

文様とは表面の凹凸《おうとつ》によって表現する図様のことで、肌とは、釜の胴と底の部分に施《ほどこ》す鋳型模《いがたも》様《よう》のこと……。

これらをどのような表情、肌合《はだあ》いにしていくかで、印象が随分と違ってくる。謂《い》わば、ここが見せどころといってもよいだろう。

また、文様はへら押しという。

霰模様《あられもよう》の場合は、霰棒《あられぼう》という道具を使って、一つひとつ規則正しく鉄の棒で押し込んでいくのである。

模様によって粒の大きさを変えてみたり、絵画的なものは下絵を貼《は》りつけていき、さまざまな道具を使って絵つけしていく。

そうして、鋳押《いお》しした後に油煙《ゆえん》をかけ、鋳型に煤《すす》を付着させて肌合いに工夫《くふう》を凝《こ》らす。

続いて、鋳型が組み立てられることになるのだが、胴型に中子を入れて固定し、乾燥させる。

さあ、これからが、いよいよ鋳込《いこ》み作業……。

坩堝炉《るつぼろ》に砂鉄と木炭《もくたん》を交互に積み重ね、下から鞴《ふいご》で風を送って高熱で鉄を溶かし、浮かび上がる不純物を丁寧《ていねい》に取り除《のぞ》くと、溶けた鉄を湯汲《ゆぐ》み（柄杓《ひしやく》）で型に流し込んでいくのである。

そうして、ある程度温度が下がったところで型出《かただ》しが始まるのであるが、この作業が一番緊張するとき……。

型が外されると、釜はまだ真っ赤な状態で、中子からは炎《ほのお》が立ち上っている。

それは、まさに鉄器の産声《うぶごえ》といってもよいだろう。

そうして、槌《つち》で釜の音を聞き厚さに斑《むら》がないのを確かめると、中子を壊して取り払う。

釜は徐々《じょじょ》に色を変え、灰色へと……。

だが、これで終わりというわけではなかった。

ここからが仕上げ作業で、鑢《やすり》でバリ（胴型と尻型の合わせ目からはみ出た不要な部分）を取り除き、全体に磨きをかける。

そして最後に、くご刷毛《ばけ》を使い漆《うるし》を塗るのだが、くご刷毛とは水草の茎《くき》を束ねたもので、漆を塗るのは錆《さび》を防ぐため……。

綺良はこれらの作業を息を凝らして瞠《みつ》めていた。

黄金の光を放つ、溶けた鉄……。

冷めるにつれて次第に色を変え、形を為《な》していく様《さま》に、鉄は生き物だ、と感じた。

これまで生きてきて、これほど感慨を覚えたものはないように思えた。

「どうやら、お気に召されたようですな」

感慨に耽《ふけ》る綺良に声をかけてきた者がいた。

「綺良どの、こちらが縫殿どのだ」

方長老に言われ、綺良は慌てて頭を下げた。

「桜木綺良と申します。お仕事中、邪魔をして申し訳ありません」

「おまえさんのような若い女ごが、鋳物に関心を持つとは驚きましたぞ」

縫殿は優しい眼差《まなざ》しを綺良に向けた。

「わたくし、なんだか生命《いのち》を吹きかけられたように思いました」

「生命を吹きかけられたとは、また面白い表現をなさいますな」

縫殿の言葉に、綺良は耳許《みみもと》まで紅《あか》くした。

思わず口を衝《つ》いて出た言葉だったが、正な話、綺良は恰《あたか》も魂を奪われたかのような想いでいたのである。

「また、拝見させてもらいに来ても宜《よろ》しいでしょうか」

「ああ、いつでもおいでになるとよい。わたしが留守でも、うちの男衆《おとこし》が相手をしてくれるだろうからよ」

縫殿はそう言い、先ほど茶の湯釜が出来るまでの工程を見せてくれた男に声をかけた。

「倫三《みちぞう》、いいな?」

倫三という男は照れたような笑みを見せた。

手拭を喧嘩《けんか》被《かぶ》りにして、作業をしているときは綺良を一瞥《いちべつ》することもなかった倫三だが、こうしてみると、眉が濃く、彫《ほ》りの深い面差《おもざ》しをしている。

「へい。いつでもお越し下せえ」

綺良はおやっと思った。

盛岡言葉でないところをみると、では、この男も縫殿と共に甲州からやって来たのであろうか……。

盛岡藩の石取りが盛岡言葉を滅多に使うことがないのは利直公の代からで、江戸育ちの重直はそれこそ国言葉に嫌悪《けんお》さえ示し、盛岡を江戸や京に負けない文化の香り豊かな国にすることを目指し、近江や大坂、美濃の商人を受け入れ、一方、文人、俳人、芸能人を数多く抱えたのである。

とは言え、扶持取りや、盛岡に城を移して新たに抱えた足軽は別で、現在《いま》でも大半が国言葉を使っている。

そのため、城下では各地の言葉が入り乱れ、摩訶不思議《まかふしぎ》な現象といってもよいのだが、何故かしら、それがすんなりと受け入れられているのが、また不思議といえば不思議であった。

鋳造所からの帰り道、方長老が呟《つぶや》いた。

「人には、こうあらねばならないというものはない……。恐らく、現在《いま》、綺良どのは己が為《な》すべきものを手探《てさぐ》りで捜《さが》している状態なのだろう。迷うがよい。迷って迷って、その中から、進むべき道を見つけられよ……」

「はい」

綺良は今やっと、彦六郎の呪縛《じゅばく》から解き放たれようとしているのだった。

どちらに向かって進んでいけばよいのか、まだ解らない。

だが、きっといつか、我が道を見つけてみせる……。

綺良は改めて心に言い聞かせると、納得したように、うんうん、と頷《うなず》いてみせた。


その後も、綺良の鋳造所通いは続いた。

方長老の庵に通いながら、一廻り（一週間）に一度は、縫殿の鋳造所へと脚を向けるようになったのである。

あるとき、倫三が綺良に、文様押しをやってみるか、と訊ねた。

綺良は一瞬躊躇《ためら》ったが、今の機を逃したら、二度と鋳型に触れさせてもらえないのではなかろうかという想いに、やりとうございます、と答えた。

霰棒《あられぼう》を手にして、綺良が怖々《こわごわ》と棒を押し込んでいく。

緊張して、手が顫《ふる》えるのを感じた。

「硬くなることはねえ……。ゆったりとした気分で、そう、その調子！　綺良さん、初めてにしては上手《うめ》ェじゃねえか……。図面を見て、その通りに押していくといいのだからよ」

倫三は優しかった。

決して声を荒らげることなく、懇切丁寧《こんせつていねい》に教えてくれるのだった。

そうして、やっと胴型の文様押しが終わると、続いて肌打ちである。

砂を素焼きしてふるいにかけたものを小さな布袋《ぬのぶくろ》に付着させ、面を優しく叩《たた》いたり、筆を使って砂をつけていくのである。

これにより表面の様子が変わり、肌合いが違ってくる。

が、鋳型の組み立てや鋳込みは、まだ綺良には無理というもの……。

それで、そこから先は倫三が代わってくれたのであるが、綺良は息を詰めて鋳型に湯が注《そそ》がれるのを見守っていた。

そうして、型出しされ、中子《なかご》から炎が立ち上る。

綺良は思わず歓声を上げた。

涙が溢《あふ》れ、はらはらと頬を伝うのを止めることが出来ない。

文様押しと肌打ちしかしていないが、綺良の手も加わっていると思うと、感無量だったのである。

「上手《うま》く出来るかしら？」

「ああ、上出来だ。じゃ、冷めてからの仕上げは、また綺良さんに頼むとすっか……」

「えっ、いいのですか？」

「いいに決まってるじゃねえか！　この釜は綺良さんに使ってもらうつもりなんだからよ」

「わたくしに？　でも、そんなことをしては、縫殿さまに叱られるのでは……」

倫三は愉快《ゆかい》そうに肩を揺すって笑った。

「なに、叱られるもんか！　だって、綺良さんに手伝わせて一つ作ってみたらどうか、と勧《すす》めてくれたのは親方なんだぜ？　親方は端《はな》から綺良さんにひとつ進呈しようと思っていなさったんだ。それには、僅《わず》かでも綺良さんの手が加わったもののほうがよいだろうと……」

まあ……、と綺良の胸が熱くなった。

縫殿と倫三の優しさに、涙が出るほど心打たれたのである。

次第に、二人は気心の知れた仲となった。

驚いたことに、てっきり甲州の生まれだと思っていた倫三が江戸生まれだというのである。

倫三は十六歳のときに深川の鋳物師の許に弟子入りしたが、そこでは鏡、蝦蟇口《がまぐち》、梵鐘《ぼんしょう》、仏具、灯籠《とうろう》といったものを作ることが多く、いつしか、同じ惣型《そうがた》鋳物なら、茶道で使う茶の湯釜に挑戦してみたいと思うようになり、二十歳《はたち》になるのを待ち構え、当時はまだ甲州にいた鈴木縫殿の門《もん》戸《こ》を叩いたそうである。

「そのときは、まさか、盛岡に来ることになるとは思ってもみなかったが、来てみるとなかなか住みやすく、現在《いま》ではここが終《つい》の棲家《すみか》と思っているほどでよ……」

倫三はそう言い、目を細めた。

「すると、倫三さまは、現在《いま》は三十路半ば……」

「止《よ》しとくれや！　さまだなんて……。倫三でいいんだよ、倫三で……。ああ、そうだ。二十二のときに盛岡に来て十四年だから、現在《いま》は三十六……」

すると、弥兵庫と同じ歳……。

「では、当然、奥さまやお子がいらっしゃるのでしょうね」

「女房？　いるもんか、そんなもの……。俺は未だに親方の家に居候《いそうろう》の身さ。親方のかみさんが女房のようなもの……。えへっ、そんなことを言ったら、親方にぶっ飛ばされちまうがよ！」

綺良は倫三に親近感を覚えた。

弥兵庫と歳が違わないために兄のように思えたのか、それとも、幼き頃、こうして彦六郎と屈《くっ》託《たく》のない会話をしたことを思い出したからなのかは解らないが、何故かしら、ずっと以前から知っているように思えたのである。

その年（寛永二十一年）の六月、盛岡に疫病《えきびょう》が流行《はや》った。

寛永二年（一六二五）に石巻湊《いしのまきみなと》が整備され江戸を初めとする各地への海上搬送《かいじょうはんそう》が盛んになり、これにより、コロリと呼ばれる疫病がもたらされることになったのである。

各地で死者が相次《あいつ》ぎ、あろうことか、弥兵庫までがその刃《やいば》にかかってしまったのだった。

その日、弥兵庫は外加賀野小路の組屋敷に戻ると、下痢《げり》と嘔吐《おうと》を繰り返した。

熱はなく、寧《むし》ろ、身体《からだ》が冷えるのか顫《ふる》えが止まらず、血行障害、筋肉の痙攣《けいれん》を起こし、虚脱《きょだつ》したようになったのである。

姉のおときはすぐに弥兵庫が疫病に罹《かか》ったのだと悟った。

「こりゃ、えぐねェ……。綺良さァ、早《はえ》ェとこ医者さ診《み》せなはんと、とどもねァことになるだべが！」

おときが堪りかね、悲痛な顔をして綺良に訴えてきた。

こんな場合、下男でもいればすぐに医者の許に走らせるのだが、現在《いま》は、そうもいかない。

「解りました。では、わたくしが源白《げんぱく》さまのところに走りますので、おとき、お兄さまのことを頼みましたよ」

綺良は急ぎ仁王小路の吉村《よしむら》源白の許へと走った。

源白は桜木家が仁王小路にいた頃からの掛かりつけ医師で、兵庫が危篤《きとく》に陥ったときには昔の誼《よしみ》ですぐさま駆けつけてくれたのである。

が、源白は不在であった。

お端女《はした》が言うには、源白ばかりか城下の主《おも》だった医師は皆、祇陀寺《ぎだじ》に収容されたコロリ患者の治療に駆り出されているというのである。

祇陀寺にコロリ患者を収容とは……。

祇陀寺には、切支丹《キリシタン》が数多く塩漬けにして埋葬されているという。

つまり、ほぼ完治する見込みのない患者をそこに収容し、亡くなった端《はし》から埋葬してしまおうということなのであろう。

「医者さ待ってたども、二進《にっち》も三進《さっち》もいかねえだ。へだへで、てんでこに（各々で）寺さ運ぶより仕方なかっぺ……」

お端女はそう言うと、そそくさと奥に入って行った。

お兄さまを他の患者と一緒に隔離するなんて……。

祇陀寺に連れて行くということは、つまり、そこで死を待つということ……。

しかも、身内は患者を看取《みと》ってやることも出来ないのである。

そんなことが出来るわけがない。

仮に、弥兵庫が助からないとしても、傍について最後まで看病を尽くし、せめて死に水を取ってあげなければ……。

源白の診療所を出た綺良は、北山へと急いだ。

方長老なら、何か知恵を授けてくれるのではなかろうか……。

が、方長老は困じ果てたように、首を捻《ひね》った。

「綺良どの、こればかりは、わたしにも手の施《ほどこ》しようがない。コレラの治療法はまずないといってもよいのだからね。ただ一つ言えるのは、下痢や嘔吐によって起きる脱水症状《だっすいしょうじょう》を緩和《かんわ》してやることだ。弥兵庫どのは肌の状態はどうだ？　乾燥して皺《しわ》が寄っていないかな？」

「ええ、かさかさに乾いています。指先がしわしわになり、たった一日で十歳も二十歳も歳を取ったかのように様変《さまが》わりしてしまいました」

「ああ、それはコレラ顔貌《がんぼう》というものだろう……。では、早く戻って、弥兵庫どのに塩を混ぜた水を大量に飲ませることだ……。水分を補給することにより、たまにコレラを克服《こくふく》することがあると聞いたのでな」

「解りました。では、早速、試《ため》してみましょう……」

綺良は方長老の庵を辞《じ》すと、再び、外加賀野小路の組屋敷へと戻った。

が、とき既に遅し……。

弥兵庫はまさに今際《いまわ》の際《きわ》だったのである。

「お兄さま！　嫌！　綺良を一人にしないで下さいませ……」

「綺良……、おまえを護ってやることが出来なくなって済まない……」

「嫌、嫌、逝《い》かないで下さい！」

「負けるんじゃないぞ……。綺良は芯《しん》の強い女ごだ……。何があろうと、負けるんじゃない……」

「負けません！　綺良は何があろうと、負けません。だから、お兄さま、逝かないで下さい……」

綺良は弥兵庫の身体に被《かぶ》さるようにして、囁《ささや》いた。

「綺良……、き……」

もう後が続かなかった。

「お兄さま……。嫌だァ、お兄さまが、お兄さまが！」

ワッと綺良は弥兵庫の胸に突っ伏した。

享年《きょうねん》、三十六……。

盛岡藩の御側用人三百石桜木家の嫡男として生まれながらも、父兵庫が藩主重直の怒りを買い御使者小者三十五石の扶持取りに格下げされてしまった、弥兵庫……。

兵庫の死後は桜木家の家長として、この歳になるまで妻帯もせず、綺良の親代わりとしてよく努めてくれたのである。

兵庫亡き後、弥兵庫は綺良の兄というより、父であった。

その弥兵庫を失い、綺良は正真正銘《しょうしんしょうめい》一人っきりになってしまったのである。

この年、盛岡ではコロリによる死者多数……。

当主を失った桜木家は、直《ただ》ちにお家断絶となった。

当然のことながら、綺良は外加賀野小路の組屋敷を出て行かなければならなくなったのである。

弥兵庫の野辺送りを終え、おときが訊ねてきた。

「綺良さァ、これからどごさ行きながんす？」

「どこに行くかと訊《き》かれても……。弥次郎兄さまは他家のお方だし、まさか、北里家に戻られたお母さまを頼るわけにはいきませんもの……」

「閉伊の華厳院ならいがべ……」

ああ……、と綺良は目から鱗《うろこ》が落ちたような想いだった。

成程、華厳院には母基世の姉芙蓉尼の庵があり、綺良も幼い頃には何度も訪ねて行っている。

華厳院の住持も伯母の芙蓉尼も、気心の知れた善《よ》い人で、あそこなら快《こころよ》く迎え入れてくれるだろう。

が、ふっと、綺良の脳裡《のうり》を、彦六郎の顔が過ぎった。

華厳院に行けば、せっかく忘れかけていた彦六郎のことを思い出してしまう。

二人で鬼ごっこをして遊んだ本堂……。

鐘楼《しょうろう》の下で、おままごとをしたこともある。

そして、裏庭の枝垂れ桜……。

華厳院のそのどこを見ても、彦六郎との思い出が詰まっているのである。

ああ、駄目だ……。

わたしは後ろを振り向いてはならないのだ。

「華厳院がよいのは解っています。けれども、わたくしは今後は一人で歩いてみようと思っています。地に脚をつけて、自らの力で歩んでみようと思うの」

「へたら、おときも連れてってくんなせ」

「それは出来ないわ。綺良一人でも覚束《おぼつか》ないというのに、とてもおときの面倒は見られません……。おときは確か志和に親戚があると言ってたわね？　そこに身を寄せるのが一番よいと思うのだけど……。ねっ、そうして下さらないこと？　おときには本当にお礼の言いようがありません……。有難うね。他の使用人たちが去った後も桜木に残ってくれ、今日までよく尽くしてくれました。餞別《せんべつ》として何かと思うのだけど、もう少し待って下さいね。仁王小路からここに移る際に棚田さまにお預かりしていただいたお父さまの蔵書《ぞうしょ》や家財道具を処分し、某かの金子《きんす》を作りますので……」

「あったらましい！　そただなことをしてもらったら、綺良さが困りながんす」

「わたくしのことはいいのよ。どうとでもなりますもの……」

「んだば、なんぼしても、おときは連れて行けねェと……」

おときは諦《あきら》めたのか、前垂《まえだ》れで顔を覆った。

そうして、肩を激しく顫わせた。

「ごめんね、おとき……」

綺良はそっとおときの肩を抱きかかえた。

「なんと、綺良どのがそのような決意をなされたとは……」

方長老は綺良から今後は鋳物師の見習をして生きていこうと思っていると聞き、唖然《あぜん》とした。

「わたしは綺良どのはこの庵に身を寄せるのが一番よいと思っていたのだが……。寧ろ、これまで通いでいたことのほうが不自然といってもよいほどだ。とは言え、これまでは弥兵庫どのがおられたし、ここに住み込むとなれば、それこそ本当の使用人になってしまうと思って言い出すのを控えていたのだが、状況が変わったのだ。ここでわたしたちと一緒に暮らしてはどうだろう……。と言っても、誤解をしてもらっては困る。綺良どのの待遇はこれまで通りで、決して、使用人とは思わない……。それでも、ここに来るのは嫌か？」

方長老が好々爺然《こうこうやぜん》とした顔で、綺良を瞠める。

「身に余るお言葉……。そう言っていただけるだけで嬉しゅうございます。ですが、わたくしはもう心を決めましたの。今後はどなたにも頼ることなく、我が力で生きてみとうございます。それには手に技をつけること……。方長老さまが連れて行って下さいました縫殿さまの鋳造所で、わたくしは今後生きていく道標《みちしるべ》を示されたような気が致しました……。自活するために、女ごのする仕事は他にもさまざまあります。けれども、裁縫とか茶道、華道といったものでは、現在《いま》のわたくしの心の空隙《くうげき》を埋めることは出来ません。それに引き替え、鉄の織りなす炎の舞を見ていますと、胸が沸《わ》き立つような想いがします。もう迷いません。わたくしが生きていく道はこれだったのだと……」

綺良はまるで思い人のことを語って聞かせるかのような表情をしていた。

「解りました。綺良どの、どうやら、おまえさんは恋をしておられるようですな」

綺良の胸がことんと音を立てた。

「いや、殿方にという意味ではなく、鋳物に、もっといえば、鉄の織りなす炎の舞に……。いやァ、安堵《あんど》しましたぞ！　弥兵庫どのを失い、さぞや綺良どのが気落ちしているのではないかと案じていたのだが、綺良どのは実に強い女ご……。そうして自らの脚で歩んで行く道を切り拓《ひら》こうとされるのだからよ。陰ながら、わたしも手を貸しましょうぞ。それで、縫殿どのには話を通しているのであろうな？」

「はい。こちらに伺う前に鋳造所を訪ね、見習として使ってほしいと頼んで参りました」

「それで？」

「さぞや驚かれるとばかり思っていましたが、驚くどころか、いつ、わたくしがそう言い出すのか心待ちにしていたとおっしゃって下さいましてね」

「ほう、それは……」

「かなり前のことになりますが、男衆の倫三さんから文様押しや肌打ちの手解《てほど》きを受けたことがありましてね。やってみるかと訊かれ、わたくし、さして躊躇《ためら》うことなくやらせてもらったのですが、どうやら、あの折、縫殿さまがどこかに身を隠して見ておられたようなのです。あとで判ったことですが、わたくしにやらせてみてはどうかと言い出されたのも、縫殿さまだとか……。縫殿さまはおっしゃいました。わたくしが方長老さまに初めて鋳造所に連れて行かれて以来、あんまり頻繁《ひんぱん》に一人で訪ねて行くものだから、余程、鋳物に関心を持っているのだろうなと思ったそうでしてね……。それから気をつけてわたくしのことを見ていると、まるで幼児《おさなご》が初めて与えられた玩具《おもちゃ》に目を輝かせているかのようだったそうでしてね……。けれども、幼児なら、すぐに飽きてしまいます。ところが、わたくしの場合は、いつも愛《いと》しくて堪らないといった面差《おもざ》しをしていたそうで、縫殿さまも、これはもしかすると、本当に鋳物に魅《み》せられているのに違いないと思われたそうで……。縫殿さまはこうも言われました。鋳物作りに男も女ごもない、本気で惚れ込んだ者が作るからこそ、よいものが出来る……と。けれども、わたくしが自らそのことに気づいて言い出さない限り、縫殿さまからは言い出すつもりはなかったそうですの」

「ほう……。そんなことがあったとは……。では、縫殿どのは綺良どのが見習に入ることを承諾して下さったということなのだな」

「はい。早速、明日より鋳造所に入ることになりました」

「だが、外加賀野小路の組屋敷を引き払わなければならなくなったというのに、綺良どのはどこに住まわれる」

「それも難なく解決しました。鋳造所の隣にある母屋で縫殿さまの内儀《ないぎ》や、他の男衆とご一緒させてもらうことになりましたの」

「住み込みということか……。まっ、それがよかろう。だが、綺良どのがここを訪ねて来なくなるのでは、わたしが寂しくなるというもの……」

「申し訳ありません」

「まっ、綺良どのの顔が見たければ、わたしのほうから鋳造所を訪ねていけばよいということ……」

「お待ちしています」

そうして、綺良は鋳物師の見習として、一歩前へと踏み出したのだった。

鋳造所での最初の仕事は、雑用からだった。

鋳造所の掃除や片づけをし、男衆の賄《まかな》いを作る縫殿の内儀を助《す》けたり、印半纏《しるしばんてん》を洗ったりと……。

いつになれば鋳型造りが許されるのか判らないが、綺良は自らが携《たずさ》われなくとも、男衆が鋳型造りから文様押しへと進み、組み立て、鋳込みと進んでいく工程を眺めているだけで、もう満足なのだった。

が、何よりの醍醐味《だいごみ》は、鋳込みの際に中子から立ち上る炎の舞……。

縫殿の鋳造所では、決して流れ作業はしない。

湯汲み以外は、一人の職人が一つの茶の湯釜に責めを負う恰好で、最初から最後までの工程を一人でやり通すのである。

「綺良さん、もう慣《な》れたかな?」

ある日、鋳造所の片づけをしていると、倫三が問いかけてきた。

「ええ。けれども、いつになれば、わたくしにもやらせてもらえるのかと……」

「なに、焦るこたアねえ……。綺良さんはこれまで幾たびも茶の湯釜が出来る工程を目にしてきて、頭の中に叩き込まれているのだからよ……。それに、文様押しの真似事《まねごと》をしたこともあるんだしよ」

「けれども、最後まで仕上げたことがありませんもの……」

「親方の許しが出たら、そのときは俺が教えてやるからよ！　けど、良かったぜ。綺良さんがここに来たばかりの頃は、兄さんが亡くなって間なしとあって、明るそうに振る舞っていても、どこかしら寂しさが漂っていたが、現在《いま》じゃ、瞑《くら》い影がすっかり鳴りを潜《ひそ》めたもんな……。綺良さん、安心しな。これからは、俺が兄さん代わりになって、おめえを護ってやっからよ！」

倫三は実に爽《さわ》やかな笑顔を寄越《よこ》した。

そうして二年の歳月が経ち、現在《いま》では綺良もいっぱしに茶の湯釜の最初から最後までの工程をやらせてもらえるようになっていた。

「綺良さんは筋がいいよ。五年もここにいる波造《なみぞう》より上手《うめ》ェくれェだもんな！」

「おっ、おめえ、本当のことを言いな！　鋳物作りは初めてだと言ってたが、あれは嘘っぱちで、以前、やってたことがあるんだろ」

「波造、莫迦を言ってんじゃねえや！　綺良さんは正真正銘、ここが初めてなんだからよ。おっ、綺良、気にするんじゃねえぜ。あいつのは負け惜しみなんだからよ」

綺良はえっと目を瞬いた。

倫三が初めてさん付けでなく、綺良、と呼び捨てにしたのである。

それから二日後、夕餉《ゆうげ》を済ませた綺良は縫殿に呼ばれた。

厨の片づけを済ませ、綺良は縫殿の部屋へと向かった。

すると、なんと内儀の竜代《たつよ》ばかりか、倫三も待ち構えていたではないか……。

「何かありましたのでしょうか？」

綺良が恐る恐る訊ねると、縫殿は煙管《きせる》の雁首《がんくび》を灰吹《はいふ》きにガンと打ちつけると、改まったように綺良を見た。

「おまえさんがここに来て、二年と少しだが、どうだ、もう慣れたかな？」

「はい。皆さまによくしていただき、とても居心地《いごこち》よく過ごさせてもらっています」

「そうか、それは良かった。ところで、おまえさん、幾つになった？」

はっと、綺良は目をまじくじさせた。

縫殿は一体何を言おうとしているのであろうか……。

「二十九歳になりました」

「ほう、もうそんなになるか……。では、おまえさんがここに来たときには、既に二十代も半ばだったということ……。で、どうだろう？　そろそろ身を固めては……。いや、あたしはおまえさんが鋳物師になりたいとここに来たとき、女だてらに鋳物師になりたいとは、女ごとしての常並《つねなみ》な幸せは捨てたのだなと思った……。だが、うちの奴が言うのよ。綺良さんが見習をしていた頃には、鋳造所の下働きだけでなく男衆の賄いや洗濯までよく立ち働いていたではないか、だったら、所帯を持って鋳物師を続けたってよいのじゃないかと……。そう言われてみると、成程、それもそうよのっ……。せっかく女ごに生まれたのだから、一度は所帯を持ち、そのうえで鋳物師の仕事を続けてもいいんじゃなかろうか、とそんなふうに思えてきたってわけでよ……。何故、あたしがこんなことを言うのかといえば、実は、ここにいる倫三がおまえさんのことを大層気に入っていてな。叶うものなら、嫁にしたいと言うのよ……」

あっと、綺良は倫三を見た。

倫三は綺良と目が合うと、狼狽《うろた》えたように目を伏せた。

「こいつから聞いて知っているだろうが、こいつ、二十歳のときからあたしの下に就《つ》き、現在《いま》ではあたしの片腕といってもよい。何を隠そう、あたしはこの男に跡を託してもよいと思っているのよ。そんな男だから、これまでは仕事一筋で、この歳になるまで所帯を持たずに来た……。その男が、この女《ひと》ならと言うのであるから、あたしも口を挟まないではいられなくなってよ……。おまえさんが武家の身分のままなら倫三も端《はな》から諦めていたのだろうが、現在《いま》のおまえさんには後ろ盾《だて》となってくれる者がいない……。どうだろう？　九つ違いなら、歳からいってもさほど不自然ではない……。この男の為人《ひととなり》はあたしが保証する！　腕が立つばかりか、心根の優しい男でよ。綺良さんよ、なんとかよい返事をしてやっちゃくれないだろうか……」

縫殿と竜代が頭を下げる。

倫三も威儀を正すと、深々と頭を下げた。

「本当は、俺の口から、綺良さんの腹を確かめるのが先だったのかもしれねえが、俺《おり》ャ、二十歳のときから親方を親と慕ってきてよ……。それで、まず親方に許しを得てからと思ったもんだからおめえに言うのが後になっちまったんだが、俺の気持は親方が話したとおりでよ……。いや、おめえを幸せにしてェと思う気持は、もっと強《つえ》ェかもしれねえ……。綺良さん、いや、綺良、俺と所帯を持ってくれねえか？」

倫三が真剣《しんけん》な目をして、綺良を瞠める。

綺良の目にわっと涙が衝き上げた。

「おっ、どうしてェ……。嫌なのかよ？」

倫三が挙措《きよそ》を失う。

綺良は首を振った。

その刹那《せつな》、堰《せき》を切ったかのように、涙が頬を伝い落ちた。

「どうした、綺良さん！　やっぱり、この話は無理だったのか？」

縫殿も狼狽える。

「いえ、違うのです……。わたくし、嬉しくって……」

あとは言葉にならなかった。


その年の暮れ、倫三と綺良の祝言が挙げられ、二人は鋳造所近くの肴町に新居を構えた。

新居といっても、十年ほど前に建てられた、六畳間が二つに四畳半ほどの厨のある仕舞《しも》た屋で、綺良は倫三に朝餉を食べさせてから、鋳造所へと脚を向けるのが日課となった。

そして夕刻は、綺良が倫三より半刻《はんとき》（一時間）ほど前に鋳造所を出て、帰り道、夕餉の買い物をして食事の仕度をして倫三の帰りを待つのである。

まさに、仲の良い鴛鴦《おしどり》夫婦といってもよいだろう。

慶安《けいあん》元年（一六四八）、この頃になると、縫殿の鋳造所では、綺良はもうすっかりなくてはならない存在となっていた。

方長老も時折鋳造所を訪ねて来ては、綺良の成長に目を細め、半刻ほど世間話をして帰って行く。

その日、午後になって訪ねてきた方長老は、綺良が作った茶の湯釜を一つ求め、茶飲み話に何気なく彦六郎のことを話題にした。

「実は、この釜をある方に贈呈《ぞうてい》しようと思っていてな」

「ある方とは……」

綺良が気を兼ねたように訊ねる。

まさか、他人《ひと》さまへの贈呈品として、自分が作った釜が使われるなんて……。

「綺良どのも知っておられよう。重直公の義弟君《おとうとぎみ》、彦六郎さまよ。おっと、もう彦六郎さまと呼んではならなかったのだ……」

「と言いますと？」

縫殿が割って入る。

「此度、彦六郎さまが七戸家をお継ぎになってな。七戸城の城主となられた……。それにより、名前も七戸隼人正と改められてよ。まっ、目出度いことよ。聞くところによると、彦六郎さまが七戸直時さまに預けられたのが十六歳のとき……。御年三十三歳というから、なんと、十七年もの歳月を冷飯食《ひやめしぐ》いのような立場で過ごしてこられたのだからよ……。が、七戸の当主となれば、晴れて藩政に加わることが出来るというもの……。つまり、家老の一人となられたのよ」

綺良と彦六郎のことを何も知らない方長老は、慶事を慶事として、満足そうに話した。

「ほう、それは目出度い！　その祝いに綺良の作った茶の湯釜を……。綺良、良かったではないか！」

縫殿も嬉しそうに言う。

綺良は口から胃の腑《ふ》が飛び出すのではないかと思えるほど、動揺していた。

「どうした？　あまり嬉しそうではないように見えるのだが……」

方長老が訝《いぶか》しそうな顔をする。

「いいえ、嬉しゅうございます。けれども、七戸さまへの祝いならば、わたくしが作った茶の湯釜ではなく、縫殿さまの茶の湯釜のほうが宜《よろ》しいのではありませんか？」

「縫殿どのの茶の湯釜は既にお持ちなのでな……」

「では、うちの男《ひと》の……」

「おっ、こいつは驚いた！　綺良どのの口から、するりと、うちの男《ひと》、という言葉が飛び出すようになったとは……。いや、実は、それも既にお持ちなのだ。それに、此度は七戸城でお使いになるそうなのでな。と言うことは、奥方や側室が使うことがあるやもしれぬと思い、此度は女ごの手になる茶の湯釜のほうがよいかと思ってよ……」

「ほう、側室が……。大したものですな。殿の義弟君《おとうとぎみ》ともなると、側室までお抱えになるので……」

縫殿が驚いたように言う。

「それはそうであろう？　藩主の義弟《おとうと》たる者、藩主にいつ万が一ということがあってもよいようにと子作りに励み、そのためには、側室の数も多くなる……。現在《いま》、正室の他に少なくとも五人は側室がおられるというからよ」

「正室の他に側室が五人と？　それはまた……。では、お子の数も多いのでしょうな」

綺良は耳を塞《ふさ》ぎたいような想いであった。

方長老も縫殿も悪気はないのであろうが、何もこの場で、側室の数や子供の多さを話題にすることはないではないか……。

が、そんな綺良の気持を知らない方長老は、指折り数えている。

「秀信さま、定信さま、行信さまと続き、そして次が女ご、女ごと続き、その次が英信《ひでのぶ》さま……。確か、その次の子は三歳で早世《そうせい》したと聞いたが、そうよ、政信《まさのぶ》さまというお子もおられた。はて、確か、まだいたような……。咄嗟《とっさ》には名前を挙げることも、何人おられるのかも言えないが、重直公にお子が一人もおられないのに比べると、隼人正は子沢山《こだくさん》……。まっ、これで南部藩は跡継ぎの心配をすることはないというもの……。おや、綺良どの、顔色が優れないが、気分でも悪いのかな？」

綺良は慌てた。

「いえ、大丈夫ですことよ。それで、七戸さまにはこれをわたくしが作ったとお告げになるのですか？」

「ああ、勿論言うつもりだ。言わなければ、誰の手になるものか判らないからよ……。七戸さまも女ごの手になる茶の湯釜と聞けば、珍しがられるだろうて……」

あっと、綺良は息を呑んだ。

だが、作者の名を告げないでくれと言えば、方長老は何ゆえなのかと不審《ふしん》に思うだろうし、そうなれば、綺良と彦六郎のことを話さなければならなくなる。

彦六郎とのことは、遠い昔のこと……。

それに、現在《いま》では彦六郎、いや、隼人正には正室の他に何人もの側室がいて、子供の数は咄嗟《とっさ》には数えられないほどいるというのである。

しかも、綺良は綺良で、現在《いま》では倫三というよき亭主がいる……。

第一、綺良の名を耳にしても、隼人正は桜木綺良と気づかないかもしれないのである。

「解りました。お好きになさって下さいませ」

綺良は投げ遣《や》りにそう言った。

その後、綺良が作った茶の湯釜がとっくの昔に隼人正に届けられたはずなのに、方長老からは隼人正が茶の湯釜を気に入ったのか入らなかったのか、梨の礫《つぶて》であった……。

いつしか、綺良はそんなことがあったことすら忘れかけていた。

そうして、綺良が三十三歳のときのことである。

その年の初めに生まれた兵助《へいすけ》が、生後半年で急死してしまったのである。

その日、綺良は朝方からぐずる兵助を案じながらも婆やにあとを託し、鋳造所へと向かった。

このところ、江戸からの注文が頻繁《ひんぱん》に入るようになり、親方をはじめ職人たちが釈迦力《しゃかりき》となってもまだ間に合わないほどであった。

そのため、兵助の具合が悪そうに見えても、そうそう綺良が鋳造所を抜けるわけにはいかなかった。

鋳物師になると決めたからには、女ごだから、母親だからでは済まされない。

「おめえ、今朝、兵助がぐずってたようだが、具合が悪《わり》ィってこたァねえんだな？　親方には俺から事情を話しておくから、医者に連れてったほうがいいんじゃねえか？」

倫三はそう言ったが、綺良は首を振った。

「お乳の時刻になれば、婆やが連れて来ますよ。少しばかりぐずったからって、その都度《つど》、医者に診せたのでは嗤《わら》われてしまいますよ。それに、現在《いま》、わたくしが抜けたのでは皆が困ります」

確かに、現在《いま》綺良に抜けられては困るので、倫三も納得したのだが、いつもは四ツ（午前十時）に乳を貰いに兵助を鋳造所に連れて来る婆やが、正午近くになっても現れない。

それで、職人たちの中食時《ちゅうじきどき》を利用して仕舞た屋に戻ってみると、なんと、婆やが厨で腰を抜かして藻掻《もが》いているではないか……。

「婆や、どうしました？」

婆やはあわあわと口を動かし、奥の六畳間を指差した。

綺良は慌てて兵助の傍に駆け寄り、蒲団《ふとん》に俯《うつぶ》せになってぐったりとしている兵助を抱え上げた。

「兵助！」

兵助はびくりともしなかった。

「どうしたの、これは……。兵助、兵助。目を開けて！　嫌だァ……。婆や、これは一体どういうことなの！」

「ほでなはん（解らない）……。はっぱり、ほでなはん……。兵助さァ、あんましとっくり（静か）なども、ひょんた（不思議）に思ってちょっこら揺すってみたども、かっぷし（俯せ）たままで、びくりともしねえ……。おら、おじょけて（怖じ気づいて）奥さに知らせに行ごうとしたども、その途端、腰さ抜けて……」

が、綺良には婆やの言葉に耳を傾ける心の余裕《ゆとり》もなく、ぐったりとした兵助をしっかと抱き締め、近くの町医者の許へと駆け出した。

医者は兵助をひと目見るなり、首を振った。

「可哀相だが、既に事切れている……」

医者の見立てでは、兵助は窒息死《ちっそくし》したのだという。

ああ……、と綺良は目を閉じた。
二、三日前に、兵助が寝返りするところを目にしたばかりなのである。
そのときは、これも成長の証《あか》しと目を細めたのであるが、まさか、それが死に繋がるとは……。

綺良はふらふらとその場に蹲《うずくま》った。

あまりの衝撃に涙も出てこなければ、どうしても兵助が死んだと信じられないのである。

綺良が兵助の死をやっと現実のものとして受け止められたのは、知らせを聞いて仕舞た屋に駆け戻ってきた倫三が、兵助の屍を抱き締め、獣のような雄叫《おたけ》びを上げたときである。

倫三はあらん限りの大声を上げ、おいおおいと泣き叫んだ。

「兵助、兵助、戻って来い！　この親不孝者が！　たった半年ほどで、おとっつァんの傍から逃げ出すなんて……。俺ャ、許さねえ。あァん、あァん、兵助……」

その姿を見て、初めて、綺良は兵助が二度と目を醒まさないと思い知ったのである。

それからの綺良は、気が抜けたかのようになった。

兵助を殺したのは、もしかすると自分なのではなかろうか……。

寝返りをしたからといって、皆が皆、窒息死するわけではなく、運が悪かったとしかいえないが、綺良はあまりにも兵助に関心を払っていなかったことに気づき、忸怩《じくじ》としてしまったのである。

もっと兵助の傍についていてやっていれば……。

自分は母として兵助に何をしてやっただろうか……。

乳を飲ませ、襁褓《おしめ》を替え、ただそれだけなのである。

頭の中は、常に次はどんな文様を描くかで一杯で、兵助に語りかけてやることもしなかった。

こんな母親があるだろうか……。

綺良は己を責めた。

しかも、よくしたもので、朝となく夜となく、乳房までがきんと張り詰め、綺良の心身をいたぶり始めたのである。

綺良は男衆の目を避けるようにして、陰で乳を搾《しぼ》りながら涙に暮れた。

乳房の痛みが、兵助の訴えのように思えたのである。

「おっかさん、何故、おいらを瞠めていてくれなかったんだよ……。おいら、邪魔だったのかよ……」

「莫迦《ばか》なことを！　兵助、許しておくれ。お母さまね、おまえに責められても仕方がない……。けれども、後生一生《ごしょういっしょう》のお願いです。決して、お母さまは兵助が可愛くなかったわけではありませんからね。ただ。ただ……」

ただ……。

そこから先は、口に出して言えなかった。

倫三にもそんな綺良の心が解るのか、無言で責め立てた。

声に出して罵《ののし》りもしなければ、慰《なぐさ》めようとも励まそうともしない。

が、その目は、明らかに綺良を責めていた。

倫三が恨み辛みに思うのも、無理はないだろう。

四十路を過ぎてやっと恵まれた兵助は、幼い頃に肉親を失った倫三には、唯一《ゆいいつ》の血を分けた肉親なのであるから……。

兵助が生まれたときの倫三の悦びぶりを、綺良は現在《いま》でも忘れることが出来ない。

倫三は綺良の手を握り締め、綺良、でかした、息子を産んでくれて有難うよ、と何度もそう言い、悦《よろこ》びのお裾《すそ》分《わ》けといって、餅《もち》を搗《つ》いて町内に配って歩いたのだった。

だから、綺良には、倫三の無念さが痛いほどに解る。

無念さと同時に、おまえがもっと兵助の傍についていてやったら、と綺良を責めていることも……。

次第に、二人の会話は少なくなった。

何を口にしても、行き着く先は兵助へと……。

それを懼《おそ》れて口を閉じているものだから、周囲《まわり》を取り巻く空気までが息苦しくて堪らない。

それほど、二人の間では、兵助の存在が思った以上に大きかったのである。

二人は心の空隙を埋めようと、これまでにも増して茶の湯釜作りにのめり込んでいった。


御預人の一人、栗山大膳が亡くなったのは、慶安五年（一六五二）の三月のことである。

享年六十二……。

黒田騒動の責めを負い、盛岡にお預けとなったのが寛永十年（一六三三）の三月のことだったので、なんと、大膳は十九年も盛岡にいたことになる。

盛岡に来てからの大膳は二百石十七人扶持を賜ったが、これは福岡から連れて来た嫡男大吉利周に引き継がれ、盛岡に来て生まれた女子には母親の姓内山を名乗らせたうえで婿養子を取り、その内山善吉《ぜんきち》も南部家に仕え二百石を賜っているという。

しかも、大膳の死後、懐刀の家臣仙石角右衛門、財津大右衛門両名も南部家に召し出され、共に五十石賜ったというから、重直という男がどれだけ御預人に恩情をかけたか解るであろう。

それに引き替え、家臣への横暴ぶりは止まるところを知らない。

参勤遅参の件で逼塞《ひっそく》を受け、その後、少しは角《かど》が取れてもよさそうなものを、相も変わらず、家臣の失態には手厳《てきび》しく、情け容赦もなく処罰を下しているというのである。

とは言え、目出度きこともあった。

承応《しょうおう》二年（一六五三）閏《うるう》六月、城内三の丸に八幡社《はちまんしゃ》を建てるべく造営整地の際に、烏帽子形《えぼしがた》をした岩頭が露出《ろしゅつ》し、藩ではこれを吉兆神石《きっちょうじんせき》として祀《まつ》ったのである。

そして、明暦《めいれき》四年（一六五八）四月二十五日、二代将軍秀忠の七回忌の恩赦《おんしゃ》により、方長老が江戸に帰還することになったのだった。

盛岡での在留《ざいりゅう》は、実に二十四年……。

その間、方長老が盛岡に残した功績は枚挙《まいきょ》に遑《いとま》がないほどである。

寛永十八年（一六四一）、幕府から各大名の系譜《けいふ》を提出するようにと命じられた際、方長老は重直から依頼を受け、初代南部光行《みつゆき》から現在に至《いた》るまでの系図《けいず》を作成し、重直の代に建てた鐘楼の鐘の銘《めい》は、その殆どが方長老の手になるものだという。

また、町人との交流では、学問や茶の湯を指導するだけでなく、黄精飴の製造、清酒の醸造法、味噌、醤油の作り方や牛乳に滋養《じよう》があることなどを伝え、一方、方長老を慕ってはるばる遠方から盛岡にやって来る者も多かったという。

木津屋藤兵衛《きづやとうべえ》もその一人であろうか……。

武家の出の藤兵衛は、京にいる頃に初めて方長老に接し、深く心酔《しんすい》すると盛岡までやって来たのである。

現在《いま》では、その木津屋は文具商として盛岡の大店《おおだな》の一つとなった……。

そんな方長老であるから、別れを惜しむ人が後を絶たない。

ご赦免になったことは悦ばしきことなのだが、もう二度と逢えなくなるのかと思うと、誰もがどうぞしてこのまま盛岡にいてほしいと思うのだった。

綺良もその一人である。

方長老が盛岡を発つ前の晩、綺良は北山へと駆けつけた。

「方長老さま……。本当に行っておしまいになるのですね」

「ああ、名残《なごり》惜しいが、赦免されたからにはここを去らねばならない。達者《たっしゃ》でな、綺良どの」

「わたくし、方長老さまに何度救われたでしょう……。父に亡くなられ、兄にも亡くなられ、そして息子にも……。その都度、方長老さまはわたくしを励まし、支えて下さいました。茶の湯釜作りに引き合わせて下さったのも、方長老さまです。あれがなければ、今頃、わたくしはどうなっていたでしょう。方長老さまはわたくしの師であり、生きていく道標でもあるのです。それなのに、去って行かれるとは……」

「綺良どの、おまえさんはもう一人で立派に生きていける。それが証拠に、息子の死に打ち拉《ひし》がれることなく、見事に立ち直ったではないか……。ご亭主のことは気にするでない。ご亭主も本当は心の中で息子の死は誰のせいでもないと解っているに違いない……。決して、綺良どのを責めているのではないのだ。ただ、口下手《くちべた》で、上手く表現できないのがもどかしく、それが、ますますご亭主を寡黙《かもく》にさせてしまうのであろう。辛いだろうが耐えるのだ。幸い、おまえさんには鋳物師という誇り高き仕事がある……。余計なことは考えずに、真摯《しんし》に鉄が織りなす炎に向き合うのだ。硬い鉄も本当は柔らかく、温かいものなのだからよ……」

「そのお言葉……。そのお言葉が聞けなくなるのかと思うと……」

「わたしに何か聞いてもらいたいことがあれば、文を書かれよ。書くことで、胸の憂《う》いが晴れることもあるのでな」

「文を……。はい、必ずや、そう致します」

そうして、庵を辞そうとしたとき、方長老が何を思ったのか威儀を正し、深々と頭を下げた。

「綺良どの、礼を言わせてもらいますぞ。おまえさんに出逢えて、この二十四年、華を添えてもらったような想い……。何より、一人の女ごが苦境にもめげず、強き女ごに成長していく姿を見させてもらえた……。綺良どの、負けるでないぞ！　遠く離れていても、わたしが綺良どのを瞠《みつ》めていることを忘れないでほしい……」

「方長老さま……」

綺良の目に涙が盛り上がった。

そうして、翌日、方長老は江戸へと旅立っていったのである。

このとき、綺良は四十一歳……。

女ごの盛りを疾《と》うに過ぎ、またもや、荒野に独りで放り出されたように思った。

翌年（萬治《まんじ》二年）、重直は京の釜師《かまし》小泉仁左衛門清行《こいずみにざえもんきよゆき》を盛岡に招き、十駄《じゅうだ》八人扶持で召し抱えた。

これにより、盛岡の茶の湯釜作りは鈴木縫殿と小泉仁左衛門を二本柱として、ますます繁栄の道を辿ることになったのである。

この頃、重直の街道整備もほぼ完成の途《と》にあった。

寛永十年に藩主として盛岡城に初入城して以来、着々と手掛けてきた街道整備が、寛文《かんぶん》元年（一六六一）八月、盛岡から中山までの奥州街道に松並木が植えられ、完成に至ったのである。

こうして、城下や街道の整備や、御新丸に併設《へいせつ》した文武道場「御稽古場《おけいこば》」にて学問、武術を奨励する一方で、重直の気随さは手のつけようがないところまで達し、萬治三年（一六六〇）、重直は余程虫の居所《いどころ》が悪かったのか、家臣帳《かしんちょう》を広げると、目隠しをして次々に家臣の名前の上に墨《すみ》を引き、その者たちに暇を出すという驚くべき処分劇《しょぶんげき》を演じてしまったのだった。

禄を奪われた譜代《ふだい》家臣のその数四十二名、また、召し上げた禄高が六千四百六十三石というのであるから、目を覆いたくなってしまう。

その話を聞いた綺良は、久方ぶりに、怒りに胸が顫うのを感じた。

四十二名の家臣に、どんな不首尾《ふしゅび》があったというのであろうか……。

父兵庫のように重直を諫《いさ》めようとして虎の尾を踏み、三百石から三十五石に降格させられたのならまだ納得もいくが、この四十二名には、さしたる理由がないのである。

しかも、聞くところによると、重直が他国から技能や遊芸に秀《ひい》でた者を召し抱えたいがために、彼らの扶持米《ふちまい》を捻出するために、気紛《きまぐ》れに、古くからいる家臣の禄を奪ったというのであるから、こんな理不尽が許されてよいはずがない。

綺良の脳裡に、桜木兵庫の娘か……、と見下したような目をくれた重直の顔が甦《よみがえ》る。

許せない！　こんなことを許してはならないのだ……。

が、どんなに業を煮やしてみても、藩主が白を黒といえば黒……。

忠義を尽くしこそすれ、決して抗えないのが、武家の世の習い……。

そして翌年（寛文二年）、またもや綺良の身の回りに、想像だにしないことが起きてしまったのである。

この年の九月、中津川周域で白髭水《しらひげみず》（大洪水）が発生し、人家が押し流され溺死者《できししゃ》が数百人にも及び、上ノ橋、中ノ橋、下ノ橋の三橋も流されてしまったのである。

白髭水とは、中津川周辺に伝わる民話のことで、昔、中津川の畔《ほとり》に住む樵《きこり》が白髪《はくはつ》、白髭の年寄りに出逢い、空腹を訴えた老人に餅を分け与えたところ、翌日、再び老人が現れ、樵に断りもなく餅を食べてしまったという。

それを業腹に思った樵は、翌日は河原で拾った餅に似た石を熱し、瓢《ふくべ》に酒の代わりに油を入れて渡したところ、それを食べた老人が口から火を噴き、老人が雨よ降れ！と念ずると、あれよあれよという間に空が雨雲に覆われ、大雨が……。

雨はなんと七日七晩降り続き、中津川が氾濫《はんらん》して大洪水となった。

以来、人々は中津川が氾濫すると、白髭水が出た、と言うようになったという。

確かに、この周域は古来より洪水被害が多い。

と言うのも、広大な盛岡地域は奥羽、北上両山系を水源として北上川、雫石川《しずくいしがわ》、中津川、簗川《やながわ》、諸葛川《もろくずがわ》などが四方から流入している。

このため、盛岡城も慶長二年（一五九七）に着工してから水害で何度も工事が中断され、なんとか完成に漕《こ》ぎつけたのが、寛永九年（一六三二）のこと……。

なんと、三十五年もの歳月がかかってしまったのだった。

中津川に架かる三橋については、上ノ橋が完成したのが慶長十四年（一六〇九）のことで、中ノ橋が十六年、翌年十七年に下ノ橋が完成したのだが、正保《しょうほう》三年（一六四六）の北上川大洪水の際に三橋が落ち、このとき、二度と橋が崩れることがあってはならないと大がかりな補修がなされた。

それにも拘《かか》わらず、またもやの惨事《さんじ》で、此度は死者多数といった大被害を被《こうむ》ってしまったのである。

重直が激怒したのは言うまでもない。

重直もこの年五十七歳……。

元々傲岸不遜《ごうがんふそん》で圧政的《あっせいてき》な男であったが、歳を取るにつれてますます意固地《いこじ》になる嫌いがあり、それが先年、家臣四十二名を手当たり次第に暇を取らせるといった行為に及ばせたのであろうが、川普請に携わった川奉行配下、御普請奉行配下の間で、此度はどのような処罰が下されるのであろうか……、と全員が固唾《かたず》を呑んで成り行きを見守っていた。

川奉行鳥越弥次郎にとっても、これは進退《しんたい》を伺われる事態で、弥次郎は自らが責めを負う覚悟をしたのである。

弥次郎は重直公宛に詫《わ》び状と配下の者には責めを負わせることなきよう上申書を提出し、その夜、新山小路の役宅で切腹《せっぷく》して果ててしまったのである。

享年五十一……。

遂に、綺良はたった一人残った身内、弥次郎までを失ってしまったのだった。

弥次郎の妻女早苗は五年前に既にこの世を去っていたが、綺良が大奥に上がった年に生まれた嫡男弥十郎《やじゅうろう》は現在二十八歳……。

恐らく、弥次郎の自裁《じさい》により、鳥越家は廃絶《はいぜつ》となるに違いない。

この先、弥十郎はどのようにして生きていくのであろうか……。

かと言って、武家の身分を捨てた綺良には、何もしてやることが出来ない。

しかも、綺良が路頭《ろとう》に迷ったときには、兄弥兵庫や方長老が後ろ盾となり支えてくれたが、弥十郎には誰もいないのである。

そう思うと、綺良の胸は重く塞がれた。

お父さま、お兄さま、どうぞして、あの世から弥十郎さまを護ってあげて下さいませ……。

そう願うよりほかなかった。

第五章　天空《そら》よ川よ山よ

寛文四年（一六六四）の九月十二日、重直が江戸桜田上屋敷で逝去《せいきょ》した。

享年五十九……。

思えば、二十七歳で南部盛岡藩の二代目藩主となって、三十二年……。

江戸育ちの重直には進取の気性があり、古くからの家臣を排除すると、旧来の体制を崩すところから始め、他国の人材や文化を取り入れることに努めた。

ある意味、重直の手本は将軍家光にあったようにも思える。

家光と重直はほぼ期を同じくして家督を継ぎ、家光が大御所時代からの家臣を退け自らの幕政を切り拓《ひら》こうとしたように、重直もまた、戦国時代特有の価値観から脱皮することを図《はか》り、盛岡藩を他藩から見ても決して引けを取らない、盤石な藩にしようと思ったのだった。

そのため、他の者には、重直の強硬な姿勢が傍若無人《ぼうじゃくぶじん》に映ったかもしれない。

が、新たに何事かを起こそうとするときにはある程度の強引さが欠かせず、重直が盛岡の発展の礎となったのは間違いないだろう。

とは言え、情け容赦のない家臣への仕置きの数々……。

重直のために涙を呑《の》んだ家臣は、枚挙《まいきょ》に遑《いとま》がない。

しかも、重直は最後の最後まで、家臣を翻弄《ほんろう》してしまったのである。

と言うのは、重直には跡目を継がせる子がいなかった。

となれば、当然、あとを託す者を前もって幕府に届け出ていなければならない。

ところが、重直は幕府に養子を貰《もら》う意思がある旨を届け出ただけで、誰にするのか決めないまま、この世を去ってしまったのである。

せめて、臨終《りんじゅう》の間際《まぎわ》、江戸家老から誰を後継者にするのか問われた際に、言葉には出来ないまでも、問われたことに首を振るか頷《うなず》くかしていればよかったのに、それもしないまま息を引き取り、このことにより、藩は改易の危機にさらされることになってしまったのである。

南部藩は上を下への大騒動となった。

急遽《きゅうきょ》、家臣の間で後継者に誰を推《お》すか話し合われることになったのであるが、義弟《おとうと》に当たる七戸隼人正をと言う者と、分家の八戸家（遠野南部）から養子を迎えるべきという者、はたまた、徳川御三家の水戸家から養子を迎えるべきと言う者に分かれ、揉《も》めに揉めた。

更に、仮に改易ということにでもなれば、幕府を相手に一戦交えようと言い出す者まで出てくる始末で、喧々諤々《けんけんがくがく》……。

しかも、藩内のこの騒動が、たまたま南部馬を買いに来ていた公儀の密偵《みってい》により幕府に伝えられたものだから堪《たま》らない。

近年、幕府は外様大名の改易に躍起となっていて、武家諸法度の法令に反したり、世子断絶《せいしだんぜつ》、お家騒動、百姓一揆が鎮圧《ちんあつ》できない場合には、改易、転封が命じられたのである。

慶長年間から見ると、小早川秀秋《こばやかわひであき》（備前《びぜん》）、松平忠吉《まつだいらただよし》（尾張清洲《おわりきよす》）が世子断絶で、筒井定次《つついさだつぐ》（伊賀上野《いがうえの》）、堀忠俊《ほりただとし》（越後福島《えちごふくしま》）がお家騒動で、また元和には、松平忠輝《ただてる》（越後高田）が不行跡《ふぎょうせき》、田中忠政《たなかただまさ》（筑後柳川《ちくごやながわ》）が世子断絶、本多正純《ほんだまさずみ》（下野宇都宮《しもつけうつのみや》）が武家諸法度規定違反で、松平忠直《ただなお》（越前北ノ庄《えちぜんきたのしょう》）が乱行で改易に……。

寛永に入ってからは、徳川忠長《ただなが》（駿河府中《するがふちゅう》）、加藤忠広《かとうただひろ》（肥後熊本《ひごくまもと》）、京極忠高《きょうごくただたか》（出雲松江《いずもまつえ》）、生駒高俊《いこまたかとし》（讃岐高松《さぬきたかまつ》）と……。

なんと、外様だけでなく、徳川一門までが、改易となっているのである。

また、改易、転封といかないまでも、米沢《よねざわ》の上杉《うえすぎ》家では世継《よつぎ》がないため他家から養子を迎え入れ、三十万石から十五万石に減らされているのだった。

従って、藩では戦々恐々となり、藩を挙げて幕府への工作が行われた。

幕府への工作といえば、重直の参勤遅参の一件を思い出す。

あのときは、幕府への付け届けばかりか、徳川頼房や松平出羽守、天海僧正、春日局まで使って、家光から赦免を引き出したのである。

が、その徳川頼房も春日局も、もうこの世にはいない。

あとは、何もかもを江戸家老の手腕《しゅわん》に委《ゆだ》ねるよりほかなかった。

その工作が功を奏したのか、寛文四年十一月、幕府より七戸隼人正と中里《なかざと》数馬の二人に出府《しゅっぷ》の命が下ったのである。

家光が没し、徳川幕府は四代将軍家綱《いえつな》の世となっていた。

家綱は南部十万石を八万石と二万石に分け、八万石を盛岡城に置いて隼人正に、二万石を八戸城に置き数馬にと裁定を下した。

つまり、数馬が八戸藩二万石として独立するということになったのである。

これにより、七戸隼人正は南部重信《しげのぶ》と改名し、南部盛岡藩三代目藩主となった。

同じく、中里数馬も南部直房《なおふさ》と名を改め、八戸藩二万石初代藩主に……。

この決定は、早馬にてすぐさま盛岡に知らされた。

国許では改易、転封を免《まぬが》れたことに安堵《あんど》すると同時に、十万石を八万石に削《けず》られたことに不満を洩《も》らす者もいた。

「冗談じゃない！　利直公の代に八戸南部家の処遇に思い屈し、わざわざ一万石を与えて遠野に転封させたのではないか……。以来、八戸は盛岡南部家のもの！　それを取り上げ、直房どのに二万石も与えるだと？　そんな莫迦《ばか》なことがあろうかよ」

「しかもだ。聞くところによると、直房公は当初十万石すべてを重信公にと申し出たそうな……。それを幕府が撥《は》ねつけたというのだが、幕府は盛岡藩が力をつけてきたのを懼《おそ》れ、それで、二万石削ったのではないか？」

「直房公がすべてを重信公にと申し出たというのが眉唾《まゆつば》ものでよ。いかにも義兄《あに》思いの、出来た話ではないか！　それがしが思うには、幕府に呼びつけられた時点では、上さまの腹はまだ決まっておらず、双方《そうほう》の気持をよく聞いてからと思っていたところに、直房公のほうからすべてを重信公にと申し出があったものだから、上さまが直房公を殊勝《しゅしょう》とみなし、それで、直房公に二万石を分け与える気になられたのではないかと……」

「では、おぬしは直房さまの策略《さくりやく》であったと言うのか……」

「ああ、そうとしか思えない」

「それがしも同感だ！」

「なんとも小賢《こざか》しいことを！　これが許せると思うか？」

「なんとしてでも、八戸を奪い返したいものよ……」

「奪い返すといっても、どのようにして？」

「…………」

「…………」

「いっそ、直房公を亡き者にするとか……」

「莫迦《ばか》なことを！　そんなことをして幕府に暴露《ばれ》ると、今度こそ、盛岡藩はお家取り潰しとなるのだぞ……」

「その通り！　永年重直公の下で辛酸を嘗《な》めてこられた重信公がやっと日の目を見て、三代目藩主となられたばかりではないか……。我ら家臣は重信公を支え、盛岡藩をよりよき藩にと守り立てていかなければならない！」

「重信公は地道《じみち》なお方……。幼い頃より他人に預けられてお育ちになっただけに、貧しき民にも心をかけて、家臣に対しては礼を尽くし、心温かいお方だとか……。そんな方についていけるのだから、我らは果報者と思わなくてはならない……」

「重直公が諸刃《もろは》の剣《つるぎ》のようなお方だっただけに、その対極にいる重信公が偉大に見える。重直公とは天と地ほどの違いようだからよ……」

「しかも、和歌を嗜《たしな》み、儒学や能楽、茶道にも通じておられて、そのくせ、決して高ぶらない……」

「そんなよき藩主を得たばかりだというのに、いくら八戸藩憎《にく》しといえども、現在《いま》、我々が邪《よこしま》な行為に及んだのでは、親方思いの主《あるじ》倒しとなってしまうではないか!」

「おぬしの言うとおりだ……。いいな、皆、ここで言ったことは忘れるんだ! 正直の果報は寝て待てで、殿をお立てして励んでいれば、いつか思いは遂げられるやもしれぬのでな」

と、こんなふうに、家臣たちは寄ると触ると、悔しさと安堵が綯《な》い交ぜになった気持で囁《ささや》き合うのだった。

綺良の想いも複雑であった。

幼い頃、閉伊の華厳院で共に遊んだあの彦六郎が、盛岡藩の三代目藩主となったのであるから……。

彦六郎は利直公の五男なのだから、この日が来ても別に不思議はないのだが、重直に男子がいれば彦六郎に光が当たることはなかったであろうし、四十九歳というこの年まで、彦六郎が息災であったという保証もなかったのである。

が、彦六郎が十歳の頃だったたか、華厳院の住持が言ったことがある。

「彦六郎さまをごらんなされ！　なかなかの面構えをしておられるではないか……。末は一廉《ひとかど》の人物になられるであろう。多くの民を束《たば》ねるお男《ひと》、それが彦六郎さまだ……」

その言葉は、当時八歳だった綺良の胸をぐさりと突き、しっかと根を下ろした。

恐らく、綺良にとって、彦六郎が特別の男《ひと》となったのはそのときだったように思う。

では、住持には彦六郎にこの日が来るのが判《わか》っていたのであろうか……。

が、その住持も疾《と》うの昔にこの世を去り、現在《いま》となっては訊《き》きたくても訊けない。

あの彦六郎さまが、三代目藩主になられるなんて……。

ああ、わたくしには、端《はな》から縁のなかったお方なのだ……。

それなのに、一時は彦六郎さまに添うことを夢見ていたなんて、こんなこと、恥ずかしくって誰にも言えはしない……。

現在《いま》はただ、重信さまが民を思い遣《や》る、よき殿さまになられるように祈るのみ……。

綺良はその日、久々に桜木家の墓所東禅寺を訪ね、父兵庫、兄弥兵庫の墓に深々と頭《こうべ》を垂れた。

「お父さま、お兄さま、あの彦六郎さまが南部重信さまと名を改め、三代目藩主となられました……。お兄さま、もう少し長く生きて下さっていれば、もしかすると、桜木家が元の家格に戻れたかもしれませんね。そう思うと、残念でなりませんが、桜木家はこうなる宿命《さだめ》にあったのかもしれません。わたくしは大丈夫です。桜木の名は失いましたが、今や、わたくしは鋳物師《いもじ》の綺良……。不足になど思っていません。この生命《いのち》続く限り、少しでもよい茶の湯釜《がま》が作れるように研《けん》鑽《さん》しとうございます」

綺良は声に出して、二人に誓った。


翌年（寛文五年）の四月のことである。

御納戸頭取《おなんどとうどり》に呼ばれて戻って来た倫三が、怪訝《けげん》な顔をして綺良に訊《たず》ねてきた。

「榊《さかき》さまに呼ばれて、たった今、お城に上がって来たのだが、おめえ、重信公にお逢《あ》いしたことがあるのか？」

えっと、綺良は目を瞬《しばた》いた。

倫三は何を言おうとしているのであろうか……。

「ええ、子供の頃に閉伊《へい》の華厳院でしばしばお逢いしていました。けれども、大人になってからは大奥にいた頃に一度逢ったきりで、それこそ大奥を下がってからは、一度も……。それが何か……」

「いや、此度、重信公が藩主となられて初めて茶会が催されるというのだが、その折使う茶の湯釜をおめえに是非作ってほしいと、そう殿さまが言われたそうな……。それぱかりじゃねえ……。出来上がった茶の湯釜を、綺良自らが城に届けてほしいと言われたと……」

「わたくしに茶の湯釜を作れと？　しかも、わたくしに直接届けろと……」

「ああ、そうらしい」

「何ゆえ……」

「何ゆえか解らねえから、おめえに訊いてるんじゃねえか……。榊さまにも心当たりはねえそうでよ。おっ、何か心当たりはねえのかよ」

「心当たりといっても……。ああ、そう言えば、以前、方長老さまが殿さまに……、いえ、あのときは彦六郎から七戸隼人正と名を改め七戸家の当主となられたばかりでしたが、その祝いに茶の湯釜を差し上げたいと言われ、わたくしが作った釜をお求めになったことがありますが、そのことはおまえさまも憶《おぼ》えておいででしょう?」

「ああ、憶えてる……。だが、あれっきりで、方長老さまからも、先さまがどういう反応を見せたのか聞かせてもらってねえ……」

「ええ、ですから、わたくしもさして気に入ってもらえなかったのだと思っていましたの……。けれども、此度、殿さまのほうからわたくしを指名なされたということは、では、わたくしのことを憶えていて下さったということなのですね……」

「それで、此度もおめえにってことなのか……」

倫三は明らかに不服そうな顔をした。

十年ほど前に師匠の縫殿《ぬい》が亡くなり、倫三が二代目縫殿を継いでいる。

倫三にしてみれば、二代目の自分を差し置いて、女房の綺良に白羽の矢が立ったのが面白くないのであろう。

「榊さまにおっしゃればよかったではないですか……。その任《にん》は鋳造所の長《おさ》である二代目縫殿が承《うけたまわ》りますと……」

「言ったさ！　言ったが、榊さまも殿のご意思なのだから仕方がないと……。まっ、俺に構うこたァねえ！　名指しで言われたからには、一世一代《いっせえいちでえ》の茶の湯釜を作るこった。鈴木縫殿の名前を汚《けが》してもらっちゃ困るからよ」

「解りました。それで、茶会はいつ開かれるのでしょう」

「茶会は四月二十日だが、茶の湯釜は十五日までに届けてほしいそうだ。御新丸御殿だ。判るよな？」

「解りました」

その日から、綺良は重信のために茶の湯釜の制作に入った。

まず、形や文様を図面に起こす。

これまでは霰《あられ》が多く、霰で幾何学模様《きかがくもよう》にしていくことが多かったが、綺良は考えた。

綺良にしか出来ない文様を描きたかったのである。

と言っても、松葉を散らしてみたり、馬や鶴と言ったものは既に使われている。

いっそ、南部家の家紋である向かい鶴とも思ったが、それも芸がないように思え、その日は丸一日、ああでもないこうでもないと試行錯誤《しこうさくご》した。

が、結句《けっく》よい知恵が浮かばないまま床に入ったところ、何故かしら、つっと華厳院の枝垂れ桜が眼窩《がんか》を過《よ》ぎった。

ああ、これだ……。

重信公に納める茶の湯釜に、これほど相応《ふさわ》しい絵柄はないだろう。

翌朝、朝餉《あさげ》もそこそこに、早速、枝垂れ桜を図面に起こした。

幾種類か構図を起こしていき、やっと、これだ！　と思える絵柄が描けたのは、夕刻近くになった頃だった。

風に戦《そよ》ぐ枝垂れ桜……。

遠目に望めば花の滝が如《ごと》し、近づきて掻《か》い潜《くぐ》れば花暖簾《はなのれん》が如し……。

彦六郎が華厳院の枝垂れ桜を表現した言葉である。

綺良の桜……。

彦六郎はあの枝垂れ桜をそう呼んでいた。

綺良の胸がカッと熱くなる。

が、次の瞬間、綺良は自嘲《じちょう》するかのように、ふっと嗤《わら》った。

今更、甘くも儚《はかな》い、十一歳の頃の記憶を呼び覚ましてなんになろう。

あれから三十七年も経《た》ち、今や、綺良は四十八歳……。

五十路《いそじ》に手が届こうという歳《とし》なのである。

枝垂れ桜は鋳型に見事に絵付けされていった。

そうして、肌打ち、組み立てが終わり、いよいよ鋳込みである。

たたら吹きは男衆《おとこし》が手を貸してくれ、高温で溶かされた湯がふつふつと沸き上がり、丁寧に不純物を取り除いていくと、いよいよ鋳込みとなり、湯汲《ゆぐ》みで鋳型に流し込んでいく。

このとき、型が動かないように鋳型の左右に板が渡され、内部の湯の温度が下がった頃合いを見て板を外す。

そうして、ある程度温度が下がったら、型出しが始まるのである。

溶かされた湯が茶の湯釜となって姿を現す瞬間で、このときが最《もっと》も緊張するときである。

真っ赤な茶の湯釜が姿を現し、中子《なかご》から炎が立ち上る。

まさに、鉄の織りなす炎の舞……。

綺良は毎回胸が顫《ふる》うのを感じるのだった。

続いて、厚さに斑《むら》がないか槌《つち》で叩《たた》いて音を確かめ、中子を外す。

茶の湯釜は次第に冷めていき、灰色にと……。

さて、これからが仕上げである。

茶の湯釜が充分冷めた状態で、鑢《やすり》で胴型と尻型の合わせ目からはみ出た不要な部分を取り除き、全体をくご刷毛《ばけ》で綺麗《きれい》に仕上げていく。

そして最後が、金気《かなけ》止め……。

再び温めた茶の湯釜の表面に、漆を塗っていくのである。

枝垂れ桜は美しかった。

鋳造所にいた男衆が、おおォ……、と一斉に感嘆の声を上げる。

「綺良さん、上出来だ！　これなら、殿さまも悦《よろこ》ばれがんす！」

「んだなはん!」

が、綺良はおやっと思った。

倫三がどこかしら憮然《ぶぜん》としているように思えたのである。

「気に入りませんか?」

綺良が訝《いぶか》しげに倫三を窺《うかが》う。

倫三は、いや、そういうわけじゃ……、と視線を泳がせた。

「子供の頃、殿さまと一緒に見た華厳院の桜を描いてみましたの。殿さまも懐かしがられるのではないかと思いまして……。茶の湯釜の絵柄には向かなかったかしら……」

「誰がそんなことを言ったかよ! おめえが気に入っているのなら、それでいい……。俺にゃ、何も言う資格はねえからよ」

倫三は苦々しそうに呟《つぶや》くと、そそくさと鋳造所から出て行った。

ああ、やはり、倫三は重信から綺良に名指しで注文が来たことが面白くないのだ……。

綺良の胸が重苦しいもので包まれていった。

だが、今更もう引き返せない。

綺良はつと過ぎった不安を払うようにして、男衆を見廻《みまわ》した。

「皆、本当にこれでよいと思う?」

全員が、うんうん、と大仰《おおぎよう》に頷く。

どうやら、その反応に嘘《うそ》はなさそうである。

綺良はほっと胸を撫《な》で下ろした。

その日、綺良は一張羅の慶長小袖《けいちょうこそで》を纏《まと》い、御新丸御殿へと向かった。

この小袖は、母基世のものである。

基世が亡くなったのは十年ほど前のことで、基世の兄、綺良の伯父から形見分けといって届けられてきたのである。

基世が桜木の家を出て、その後、綺良は一度も逢っていないばかりか、文の遣り取りもしてこなかったが、伯父の文によると、それには理由《わけ》があったようである。

伯父の文によれば、基世は実家《さと》に戻って二年後に、胸の病で寝たきりとなったという。

だが、基世は、病に罹《かか》ったことを決して桜木に知らせてくれるな、と懇願したというのである。

零落《おちぶ》れた桜木を見捨てるようにして実家《さと》に戻ったというのに、胸の病に罹ったと、どの面《つら》下げて言えようか……、自分が病に罹ったのは亭主や我が子を捨てて逃げた罰、宿命《さだめ》は甘んじて受けるが、憐《あわ》れみをかけられるのだけは勘弁してほしい……、と基世はそう泣いて頼んだというのである。

伯父の文によれば、病に罹った当初は長くは保《も》たないだろうと思っていたが、十八年も永《なが》らえてくれ、その間、気丈にも泣き言ひとつ言わなかったが、娘のことは気にかかるとみえ、綺良どのが武家の身分を捨て鋳物師の道に進まれたと伝え聞いた折には、女ごとしての幸せが得られなかった娘が不憫《ふびん》でならないと泣いていたが、その後、綺良どのが所帯を持たれたと聞き、良かった、良かった、娘が選んだことなのだから母として悦んでやりたい、とそう言っていたという。

そして、基世の形見として、せめて小袖と紋付《もんつき》を受け取ってやってほしい、とあったのである。

綺良は基世の着物を手に、堪《こら》えきれずに肩を顫《ふる》わせた。

紋付は弥次郎が祝言を挙げたときに身に着けていたものであり、慶長小袖は基世が兵庫の許《もと》に嫁いだときに実家《さと》から持って来たもの……。

綸子《りんず》地《じ》を紅、黒紅、白の三色に絞り分け、刺繍《ししゅう》や摺箔《すりはく》で扇面《せんめん》や草花を表現した小袖は息を呑むほど美しく、綺良が幼い頃に、お母さま、大人になったら、この小袖を綺良に譲って下さいね、とせがんでいたのである。

その着物が、まさか、形見分けという形で綺良の手許にやって来たとは……。

基世はもっと以前に、この着物を綺良に譲ってやりたかったのであろう。

が、あんな形で桜木の家を出てしまい、譲りたくても譲れなくなってしまったのだと思う。

お母さま……。

その夜、綺良はそれまで溜《た》まっていた想《おも》いを一気に吐き出すかのように、声を上げて泣いた。

振り返るに、綺良は一度として基世の気持を解ってやろうとしなかったのである。

父兵庫は基世が桜木の家を出たとき、去りたいというのであれば、悦んで去り状を書くと言ったそうだが、あのとき、兵庫が引き止めるなり、三戸まで迎えに行くなりしていれば、基世は戻っていたのかもしれない。

寧《むし》ろ、そうしてくれることを望んでいたのかもしれないのである。

が、兵庫は冷たく突き放した。

それは、兵庫の意地でもあり、そうすることが基世のためになると思ったからかもしれない。三戸代官三百石の家格北里家に生まれた基世には、三十五石の扶持取りの暮らしが耐えられなかったのであろう。

が、基世も武家の女ごなら、どんな状況になろうと、不平を募《つの》らせてはならないことを知っていただろうし、それを美徳と考えてもおかしくはない。

それなのに、基世が桜木家を捨てるなんて……。

綺良はこれまで基世が家を出たのは、我儘《わがまま》からだと思っていた。

だが、こうは考えられないだろうか……。

兵庫が基世を北里に帰らせたのだと……。

兵庫は基世に貧しき立行《たちいき》をさせるのが忍びなく、それで、説得するか、いや、もしかすると、わざと夫婦喧嘩《めおとげんか》をしてみせて、基世が実家《さと》に帰るように仕向けたのだとしたら……。

仮にそうだとしたら、基世は身を削られるように辛《つら》かったに違いない。

それなのに、何も知らない綺良は、基世を身勝手な女ご、武家にあるまじき女ごと決めつけ、憐憫《れんびん》の目で見ていたのだった。

お母さま、許して下さい！　綺良はお母さまの煩悶《はんもん》を少しも解ってあげようとしませんでした……。

綺良は慶長小袖を胸に、いつの日にか、きっとこれを身に纏い、晴れの舞台に立ってみせる……、と誓った。

その日が今日であり、綺良はなんと二十九年ぶりに重信に再会するのである。

久しく見ない間に、重信にはすっかり藩主としての風格が備わっていた。

それもそのはず、綺良がお亀の方の助命嘆願《じょめいたんがん》に内丸の七戸直時の屋敷を訪ねた折、当時は彦六郎と名乗っていた重信は、まだ二十一歳だったのである。

その頃も、精悍《せいかん》な面差しの中にも優しさを湛《たた》えていたが、現在《いま》は多少老いたというだけで、その表情は変わらない。

「綺良どの、久しいのう……」

重信はそう言うと、人払いをした。

小姓《こしょう》たちが部屋を出て行く。

すると、重信は茶目っ気たっぷりにふっと目許《めもと》を弛《ゆる》めた。

「綺良、もそっと近う《ちこ》寄れ！　どれどれ、おう、ちっとも変わっていないではないか……」

「ご冗談を……。こんなお婆《ばあ》さんを摑《つか》まえて、酔狂《すいきょう》にもほどがありますことよ！」

綺良もいつしか娘の心に戻っていた。

が、ハッと威儀を正すと、深々と辞儀をした。

「三代目藩主ご就任、祝着至極《しゅうちゃくしごく》にございます。また、此度は茶会にてわたくしどもの茶の湯釜をお使い下さるとのこと、有難き幸せにございます」

重信は笑った。

「止《よ》せ、止せ！　わたしと綺良の仲ではないか……。そのような裃《かみしも》を着た物言いをするでない。先ほども言ったが、わたしの中では綺良は華厳院で共に過ごした、あの頃の綺良のまま……。懐かしいのう、あの頃が……。それはそうと、綺良、わたしはそなたに謝らねばならない。先の殿が桜木家にされた数々の仕打ち……。誰が考えても理不尽なことと解っていたが、当時のわたしは殿をお諫《いさ》めする立場になかった……。が、心の中では、いつか、殿のお怒りが和らぎ、兵庫どのを元の地位に戻して下さるのではないかと、そう願ってもいた……。ところが、まさか兵庫どのがあのように早く亡くなられるとは……。しかも、弥兵庫どのまでがあの若さで……。それにより、桜木家は断絶、綺良までが姿を消したというので案じていたのよ。ところが、それから暫《しばら》くして、わたしが七戸家の家督を継いだ祝いにと、方長老さまが茶の湯釜を届けて下さってな。聞くと、なんと、綺良が作った茶の湯釜だというではないか……。驚いたのなんのって……。まさか、綺良が女鋳物師、釜師になっていたとは……。が、実に見事な茶の湯釜であった！　あれを使う度に、綺良の顔が頭に浮かんできてな……。綺良、そなたは現在《いま》幸せか？」

えっ……、と綺良は息を呑んだ。

重信はどこまで綺良のことを知っているのであろうか……。

茶の湯釜作りに没頭しているときには他のことなど何も考えられず、その意味からいえば、幸せといえば幸せである。

が、兵助を失って以来、倫三との間は、相も変わらずぎくしゃくしたまま……。

好きな仕事に携《たずさ》わっていられるのだから、人として考えれば、これ以上の幸せはないのだが、女ごとしては果たしてどうであろうか……。

倫三とは会話らしき会話もなく、頼ることも頼られることもなく、周囲《まわり》にいるのが当然といった感じで過ごしてきたが、どのみち夫婦《めおと》なんてものはそんなものだと思えば、それ以上望んではならないのかもしれない。

そう考えると、やはり、幸せなのであろう。

「はい。幸せにございます」

綺良は真っ直《す》ぐに重信を見据《みす》えた。

「そうか……。それは重畳《ちようじよう》。安堵したぞ、綺良……。現在《いま》だから正直に言おう。わたしは綺良との約束を破ったことを未《いま》だに悔いていてな……」

綺良の胸がきやりと揺れる。

「憶えているだろう? 華厳院で、いつの日か、綺良を正室に迎える、と言ったことを……。確かに、あれは子供の頃の約束にすぎないが、わたしは大人になってからも、七戸の屋敷で再び綺良に誓った……。それなのに、わたしは殿に勧《すす》められるまま、玉山の娘を正室に迎えた……。あのとき何故、殿にそれがしには約束を交わした女ごがおりますと言い出せなかったのか……。いや、言ったところで、ああ、そうか、とすんなりとわたしの気持を聞き入れて下さるような殿ではないことは解っていたが、せめて、口に出して言っていたならば、たとえ駄目だと殿に突っぱねられたとしても、わたしの心に悔恨《かいこん》の念は残らなかったと思う……。わたしは殿が怖かったのだ。ただただ、怒りを買うのが怖かった……。不甲斐《ふがい》ない男、臆病者《おくびょうもの》と謗《そし》ってくれてもよい。許せ、綺良……。さぞや、恨んだであろうな。綺良の気持は痛いほどに解っていた。幼い頃より、綺良の目は真っ直ぐにわたしに向けられていたからね……。綺良を正室に迎えられないのであれば、側室にという手があったかもしれない。だが、わたしは綺良を側室にはしたくなかった……。と言うのも、仮に綺良を側室にしていたならば、わたしの綺良への思い入れが特別なものであるだけに、重直公と同じ轍《てつ》を踏んでいたかもしれない……。そんなことになれば、正室も他の側室も、いや、何より綺良自身が悶々《もんもん》とすることになる……。側室は子を生《な》すだけの存在であらなければならないが、綺良をそんな立場に置けるはずがない……。綺良はわたしの正室、妻女でなければならなかったのだ……。詭弁《きべん》に聞こえるかもしれないが、これがわたしの本心でな」

重信はそう言うと、深々と頭を下げた。

綺良は慌《あわ》てた。

重信は最上奥のことを引き合いに出し、綺良を同じ立場にさせたくなかったと告白しているのである。

「彦六郎さま、頭をお上げ下さいませ！」

「おう、やっと、そう呼んでくれたか……。そうよ、綺良。わたしとおまえは、これからも彦六郎と綺良……。ふふっ、傍《はた》の者に見られたら、さぞや滑稽《こっけい》で、気でも触れたかと思われるであろうな。が、構わぬ！　思いたい奴らには、そう思わせておけばよいのだから……。綺良、これからも、こういった機会をちょくちょく持とうではないか。わたしが国許にいるときには、こうして話し相手になってくれるだろうな？」

「いえ、現在《いま》では、殿さまとわたくしとでは立場が違いすぎますゆえ、控《ひか》えさせていただきとうございます。ただ、釜師としてのご要望にはお応《こた》えしますので、なんなりと仰せつけ下さいますよう……」

綺良は毅然《きぜん》とした口調で重信の言葉を撥ねつけた。

「釜師としてか……」

重信が苦笑する。

「では、茶の湯釜を見せてもらおうか」

「畏《かしこ》まりました」

綺良は桐箱から茶の湯釜を取り出し、重信の前に差し出す。

重信が茶の湯釜を手にする。

「おお……、これは……」

「お解りになりますか？」

「解るとも！　華厳院の枝垂れ桜、綺良の桜だということが……」

綺良の胸がぽっと温かくなる。

やはり、重信もあの桜を憶えていてくれたのだ……。

重信は目を細めた。

「恐らく、今年も美しく花開いたのであろうな……」

「ええ、恐らく……」

二人は瞠《みつ》め合い、ふっと微笑《ほほえ》んだ。

「ところで、二十日の茶会だが、綺良も参列してくれるだろうな」

「いいえ、遠慮させていただきます」

「………」

重信はそれ以上勧めても綺良が聞く耳を持たないと思ったのか、話題を替えた。

「綺良のように、こう、あれも駄目これも駄目と断られたのでは……。だが、そこが綺良の良いところ……。わたしも無理に従わせようとは思わないのでな……。綺良、わたしに何かしてほしいことはないか？　先《せん》には力が及ばず、何もしてやることが出来なかったが、現在《いま》なら、なんなりと聞き入れてやれるのでな……」

重信が探るような目で、綺良を見る。

「では、一つだけお願いがございます」

ほう……、と重信が改まったように綺良を瞠める。

「なんなりと言ってみよ」

「鳥越弥十郎、わたくしの甥《おい》のことですが、殿さまは鳥越家に養嗣子《ようしし》に入った兄弥次郎が、先年起きた水害で、死者を多数出したことへの責めを負い、自裁したのを知っておられるでしょうか……」

「おう、弥次郎どののことか……。あれは不憫であった。川奉行といえども、天災には抗《あらが》えぬからよ。だが、先代の気性を知った弥次郎どのは、配下に禍《わざわい》が及ばぬようにと先手を打った形で腹《も》を召された……。あとでその報を受けたわたしがどれだけ驚愕《きょうがく》したことか……。確か、それが原因《と》で、鳥越家は禄《ろく》召し上げとなったのであったな？」

「はい。あの折、鳥越には嫡男弥十郎がおりました。当時、二十八歳でしたが、母御《ははご》を数年前に亡くし、あのことがあってから母御の出所《でしょ》佐久間家にお預けとなりましたが、このままでは弥十郎が不憫で堪りません。確か、現在《いま》は三十一歳になっていると思いますが、鳥越家を再興《さいこう》していただくわけにはいかないでしょうか……」

　綺良が恐る恐る重信を窺う。

「そうであったか……。弥次郎どのにお子がおられたとな？　解ったぞ、綺良！　元はといえば、あの一件は弥次郎どのが一人で責めを負うことはなかったのだ……。それなのに、重直公は見て見ぬ振りを徹し、当然のように禄を召し上げられた……。安心するがよい。鳥越家を再興し、川奉行配下に戻そうぞ！　確か、鳥越家は百石賜っていたと思うが、家禄も元に戻そう……。但《ただ》し、三十一歳という若輩ゆえに、暫くの間は現在《いま》の奉行の下《もと》で辛抱してもらうことになる。そのうち、頃合いを見て、昇進させようぞ。それでよいな？」

「有難うございます。さぞや、兄弥次郎も草葉《くさば》の陰で悦ぶことにございましょう。ああ、鳥越家の再興が叶《かな》っただけで、本日ここに上がった甲斐があったというものです」

「おいおい、綺良、それはちと言葉が過ぎるというもの……。そなた、わたしに逢えて嬉《うれ》しくないとでも？」

綺良がくすりと笑う。

「いえ、嬉しゅうございます。なんだか、久方ぶりに彦六郎さまにお目にかかれたような気がしました」

「そう言ってくれると、わたしも嬉しいぞ。綺良、また二人して、綺良の桜を見に行きたいものよのっ！」

重信が綺良に目を据える。

「ええ、本当に……」

綺良は素直に頷いた。


悪名高かった重直に比べ、重信は家臣ばかりか領民にも慕われ、名君と囁かれるようになっていた。

と言うのも、幼い頃から辛酸を嘗めてきたせいか、重信には人の心の襞《ひだ》が読み取れたのである。

そのため、後継者を決める際に重信擁立《ようりつ》に難色《なんしょく》を示した家臣までが、いつしか、重信を褒《ほ》め称《たた》えるようになっていた。

が、そうなると、返す返《がえ》すも、八戸藩に二万石取られてしまったことが口惜しくてならない。

家臣の中には、いっそ直房を亡き者に……、と再び言い出す者が出てくる始末で、奥瀬治太夫《おくせじだゆう》、漆戸勘左衛門《うるしどかんざえもん》、八戸弥六郎（遠野南部）ら家老たちは、そういう輩《やから》を呼びつけては、屹度《きっと》慎むようにと諌めたのだった。

ところが、寛文八年（一六六八）、南部直房が刺客《しかく》に襲われ、生命《いのち》を落とすという事件が起きてしまったのである。

重信と同時に八戸藩初代藩主となって、僅《わず》か四年足らずの出来事で、直房は四十一歳で没してしまったのだった。

刺客が誰であったのかは定かでない。

当然、幕府は死因に疑問を持ち、調査に乗り出してきた。

盛岡藩としては、青天《せいてん》の霹靂《へきれき》といってもよいだろう。

重信治世の下、やっと平穏《へいおん》な日々が送れるようになったばかりだというのに、盛岡藩の家臣が直房を謀殺《ぼうさつ》したとあっては、今度こそ、改易は免れない。

が、そんな思慮《しりよ》のない家臣がいるであろうか……。

第一、直房を亡き者にしたところで、幕府が一度分け与えた二万石をすんなり盛岡藩に戻すことがないことくらい、十歳の子供でも解ることである。

しかも、確たる証拠はどこにもない。

結句、幕府からの調査に、盛岡藩も八戸藩も直房は病死ということで徹することにして、八戸藩は八歳の直政《なおまさ》が継ぐことで円《まる》く収まったのである。

が、この一件は、盛岡藩、殊《こと》に、重信の心に瞑《くら》い影を落とした。

そんな小賢しいことをしなくても、着々と藩発展のために我勢《がせい》していけば、いつかは加増を認めてもらえる……。

重信は家臣たちを集めると、我が想いを吐露《とろ》し、皆の前で頭を下げた。

そうして、この年（寛文八年）、本丸御殿が完成した。

度々の火災で長い間放置されたままだった本丸御殿を、重信が藩主となり、改めて普請を始めていたのである。

盛岡城はこれでやっと、本丸、二の丸、三の丸、御新丸と揃《そろ》ったのだった。

ところが、この年、再び綺良の運命を狂わせる出来事が起きてしまったのである。

春から秋にかけて、盛岡藩や仙台藩では山背《やませ》（北東風）に見舞われるが、これが長期化すると、日照時間《にっしょうじかん》の減少と気温低下で冷害を引き起こす。

殊に、この年は梅雨《つゆ》明け直後から山背が吹き続け、百姓たちが飢饉《ききん》を案じ心を痛めていたところ、あろうことか、葺手町《ふくでちょう》から出火した火の手が山背に煽《あお》られ、瞬《また》く間に肴町、呉服町《ごふくちょう》へと類《るい》焼《しょう》していったのである。

このとき、鈴木縫殿の鋳造所は、溶解と鋳込み作業の真っ最中《さなか》であった。

火の手が間近に迫ってきていると判っていても、すぐのすぐには坩堝《るつぼ》の火を消せない。

「とにかく、おめえたちは早く逃げろ！」

倫三は職人たちに安全な場所に逃げるようにと促した。

「おまえさまは？」

綺良は心配そうに訊ねた。

「俺はおかみさんを連れて逃げる。おめえは男衆と一緒に先に逃げるんだ」

「だったら、わたくしも……。おまえさま一人では、とてもおかみさんを連れて逃げることは出来ませんよ」

「駄目だ！　俺とおめえが一度に生命《いのち》を落とすことになったら、誰がこの鋳造所を護る……。縫殿の名がそこで途絶《とだ》えてしまうことになるんだぜ？　せめて、おめえ一人でも助かってくれれば、いずれは弟子に跡を託すことが出来るだろうが！　先代から譲り受けたこの技《わざ》を護っていくのが、俺たちの務め……。いいから、早く逃げるんだ！」

「けど……」

「けどもへったくれもねえ！　おめえ、先代から受けた恩を忘れたとでもいうのかよ。解ったな？　解ったら、さあ、早く逃げるんだ……」

倫三はそう言うと、鋳造所の隣にある母屋へと駆けて行った。

現在《いま》では、母屋が倫三と綺良の住まいとなっている。

従って、先代が亡くなった後は、親方の女房竜代の世話は倫三と綺良の役目の一つ……。

竜代は現在七十三歳……。

縫殿を失ってからめっきり気力を失ってしまい、おまけに足腰に障《さわ》りも出て来て、此《こ》の中《じゅう》、厠《かわや》にいくにも他人《ひと》の手を借りなければならなくなっていた。

綺良は倫三たちを案じながらも、鋳造所を後にした。

火の手は既に二軒先まで迫っている。

「内儀《おかみ》さん、こっちゃ来《こ》ォ！」

職人の又造《またぞう》が手招きをする。

火は北東の風に煽られ、ますます勢いを増していた。

「西に逃げるべが……。北上川さ出げだら大丈夫《でえじょうぶ》だども。これ、安《やす》、吾平《ごへい》、てんでこ（各々で）逃げるんでねっ！　のんのめがして（皆して）内儀《おかみ》さァ護れ」

安吉《やすきち》と吾平が綺良の傍《そば》にやって来る。

綺良たちが六日町《むいかちょう》から馬町《うままち》、石町《こくちょう》へと抜け、やっと北上川の川べりに辿《たど》り着いたときには、東の方向が真っ赤に染まっていた。

刻《とき》は、七ツ（午後四時）を廻《まわ》った頃であろうか……。

川べりでは、焼け出された人々が肩を寄せ合い、茫然《ぼうぜん》と燃え盛《さか》る火の手を眺めていた。

そのどの顔もが、放心したような面差しをしている。

倫三と竜代は、無事に逃げ延びたのであろうか……。

「又造、親方は大丈夫ですよね？　助かりましたよね？」

「………」

又造は何も答えなかった。

答えようにも答えられなかったのであろう。

六ツ（午後六時）頃、やっと山背が鳴りを潜《ひそ》め、火の勢いも弱まってきた。

すると、川べりの人溜《ひとだまり》から声が上がった。

「皆、祇陀寺《ぎだじ》に行くべ！　炊《た》き出しがあるごった」

その声につられて、皆一斉に、ぞろぞろと仙北町《せんぼくちょう》へと移動した。

綺良は祇陀寺に着くと、人立《ひとだち》を掻き分けるようにして、倫三と竜代の姿を捜し歩いた。

が、二人の姿はどこにもない。

「火の勢いが治《おさ》まったようなので、わたくし、二人を捜しに行って参ります」

綺良はそう言うと、山門へと歩きかけた。

「えがねェ（良くない）！　内儀《おかみ》さんにやばつい（危ない）こたァさせられねっ。いがべ、夜明けまで待ちなはん。朝になったら、皆して捜しに行ぐべ。それよりも内儀《おかみ》さんも握り飯食《まんまけ》ェ……」

又造が綺良に炊き出しの握り飯を手渡す。

とてものこと、ものが喉《のど》を通る状態ではなかった。

「食《け》ェねと、わがねェ（駄目）……。こげなときだからこそ、食《け》ェねと……」

又造に言われ、綺良は握り飯を口にした。

糧飯《かてめし》を握った握り飯はパサパサしていて、砂を噛《か》むように味気《あじけ》なかった。

が、綺良はまるで親の仇《かたき》でも討《う》つかのような思いで、糧飯に食らいついた。

「駄目だ！　俺とおめえが一度に生命《いのち》を落とすことになったら、誰がこの鋳造所を護る……。縫殿の名がそこで途絶えてしまうことになるんだぜ？　せめて、おめえ一人でも助かってくれれば、いずれは弟子に跡を託すことが出来るだろうが！　先代から譲り受けたこの技を護っていくのが、俺たちの務め……。いいから、早く逃げるんだ！」

倫三の声が耳許に甦《よみがえ》る。

そうなのだ……。

どんなことがあっても、このわたくしが縫殿の技を護らなければ……。

そうして、祇陀寺の本堂でまんじりともせずに朝を迎えた。

「内儀《おかみ》さァ、火が鎮まったども、親方を捜しに行ぐべ！」

又造、安吉、吾平の三人が、綺良の傍に寄って来る。

四人は鋳造所へと引き返して行った。

六日町はほぼ半分が、そして呉服町、肴町は一軒残らず焼け落ちていた。

焼き出された人々が、家のあった場所で焼け残った物はないかと物色《ぶっしょく》している。

が、綺良たちが捜しているのは物ではなく、倫三と竜代なのである。

「内儀《おかみ》さァ、親方が！」

吾平が駆け出して行く。

倫三は鋳造所から十間（約十八メートル）ほど離れた道端《みちばた》に倒れていた。

倫三の背中には竜代が……。

恐らく、倫三は竜代を背負《せお》いここまで逃げたところで、力尽きてしまったのであろう。

倫三の後頭部には、何かに打ちつけられたような傷痕《きずあと》が……。

見ると、すぐ傍に、焼け落ちた庇《ひさし》が転がっているではないか……。

すると、倫三は頭上に庇を受けて即死……。

背中の竜代は負ぶわれたまま身動きが出来ずに焼け死んだのか、身体《からだ》がほぼ黒こげとなっていた。

綺良はふらふらとその場に蹲《うずくま》った。

「こんなことが……、こんなことがあるでしょうか……。わたくしさえ傍にいれば、こんなことにはならなかったのに……。お許し下さい。おまえさま、おかみさん、浅はかな綺良をお許し下さい……」

「内儀《おかみ》さァ、そうでながんす（そうではない）。親方は内儀《おかみ》さァに鋳造所さ託されたべが？ ないで（だから）、おらたち、ゆいこ（助け合い）して、鋳造所さ護るだども、泣げちゃなんねえ……」

又造が綺良の方にそっと手をかける。

綺良は蹲ったまま、うんうん、と頷いた。

結句、この火災で三十八名の者が生命《いのち》を落とした。

死者は祇陀寺で纏《まと》めて荼毘《だび》に付されることになったが、綺良は竜代の遺骨は先代縫殿の墓の隣に、そして東禅寺の住持に頭を下げ、倫三の遺骨を桜木家の墓の隣に埋めてやることにした。

そうすることが、倫三へのせめてもの罪滅《つみほろ》ぼしのように思えたのである。

自分は倫三の海のような広い情愛に、どのくらい応えてあげられたであろうか……。

否《いな》……。

綺良の目は、ただの一度として倫三には向けられていなかったのである。

一途に彦六郎を慕い続け、その想いが完全に閉ざされてしまってからは、茶の湯釜作りへと……。

彦六郎のことを忘れようと思えば思うほど鋳物師の仕事にのめり込んでいったのである。

「おめえの心の中には、兵助も俺もいやしねえんだ！」

兵助が亡くなった後、倫三が忌々しそうに吐き出したことがある。

倫三が言葉に出して綺良を責めたのはそれが一度だけで、その後は責める代わりに無言を徹すようになったのであるが、恐らく、あれが倫三の心《しん》の声だったのであろう。

おまえさま、申し訳ないことをしてしまいました……。

こんな情の強《こわ》い女ごを女房に持ったばかりに、寂しい想いをさせてしまいましたね……。

そう思ったとき、綺良はハッと、と胸を突かれた。

綺良に男衆と一緒に逃げろと言ったとき、倫三は竜代のことが気懸《きが》かりだっただけでなく、本心から綺良に鋳造所を護れと言いたかったのかもしれない。

倫三が綺良の中に、卓越《たくえつ》した技量《ぎりよう》を見出《みいだ》していたのだとしたら……。

そうだとすれば、心根の優しい倫三が、竜代を護るのは自分だが、おまえは鋳造所や職人を護れ、とあの場で咄嗟《とつさ》に判断したのも頷《うなず》ける。

綺良は胸が張り裂けそうな想いと懸命に闘《たたか》った。

三日後、綺良は再び焼け跡に立った。

ここが鋳造所の入口で、そう、ここに鋳型を積み上げた棚《たな》があって、そしてここに坩堝が……。

が、その刹那《せつな》、綺良はあっと目を瞠《みは》った。

坩堝の傍に型出ししたばかりの茶の湯釜が転がっていたのである。

火の手が迫るぎりぎりまで、倫三が手掛けていた茶の湯釜である。

綺良は茶の湯釜を胸に抱《いだ》いた。

仕上げ前の茶の湯釜はバリをつけたままだったが、そこには倫三が茶の湯釜に託した夢が詰まっていた。

几帳面《きちようめん》に霰《あられ》の粒で覆われた茶の湯釜の肌……。

綺良は愛《いと》しそうにその肌を撫でた。

おまえさま、縫殿の技は必ずや護ってみせましょうぞ……。

そう呟いたとき、綺良は本当の意味で、倫三がすっぽりと綺良の身体の中に入ったように思った。

現在《いま》ほど、倫三を身近に感じ、恋しく思ったことはない……。

おまえさま、この茶の湯釜はわたくしの宝物にして、この先ずっと大切にしましょうぞ!

まだ、辺りにきな臭《くさ》い匂《にお》いが漂っている。

綺良の項《うなじ》を、緩《ゆる》やかな山背がそっと撫でて通った。

綺良は立ち上がると、岩手山に目をやった。

山を背にして、北の海から吹き上げてくるので山背と呼ぶそうだが、この地に生きる限り、この風から逃げるわけにはいかない。

けれども、わたくしはへこたれない！

打たれても打たれても、きっと立ち上がり、前を向いて歩いていくのだ。

「踏んむられ《いいいい》（踏みつけられ）ども、なんのごどぉねえ。おら、負けねえだ……」

綺良の口から、国言葉が衝いて出る。

「そうだ、綺良、おめえは負けねえ！」

どこからか、そんな声がしたように思った。

それは、兄弥兵庫の声のようでもあり、方長老、彦六郎、いや、倫三の声だったのかもしれない。

ふっと、綺良の脳裡《のうり》に、華厳院の枝垂れ桜が過ぎった。

天空《そら》よ、川よ、山よ……。

これが、わたくしの故郷なのだ。

「おら、負けねえだ！」

綺良は岩手山に目をやると、口の中で小さく呟いた。

あとがき

数年前、角川春樹社長、原編集長と一緒に盛岡で書店の挨拶廻りをしていたときのことである。さわや書店フェザン店の田口さんから「どういうわけか盛岡に今井絵美子ファンが多いのですよね」と言われ、わたしは思わず耳を疑った。

広島県で生まれ育ち、現在《いま》も福山市に住んでいるわたしに郷土の読者が多いのは当然としても、縁も所縁《ゆかり》もない盛岡にわたしの読者が多いとは……。

が、その疑問は簡単に解けた。

それは、偏《ひとえ》に、書店販売員が今井絵美子作品を積極的に売って下さった努力の賜物《たまもの》だったのである。

そのことを知ったわたしは、頭の下がる思いだった。と同時に、何故かしら、盛岡がわたしの第二の故郷であるかのような想《おも》いに陥ったのである。

そんな想いで、改めて盛岡の城下を見渡すと、どこかしら福山の佇《たたず》まいに似ているではないか……。

してみると、わたしと盛岡は縁《えにし》の糸で繋《つな》がっていたのかもしれない。

「盛岡を舞台にして、ひとつ、今井ワールドを繰り広げてみて下さいませんか……」

さわや書店さんのその言葉も、わたしの背中を押してくれたように思う。

が、盛岡を舞台に時代小説を書くといっても、一体どこから手をつければよいのか……。手探り状態で始めた取材旅行だったが、思いの外《ほか》さして迷うこともなくすっと盛岡藩の草創期に当たる、初代、二代目、三代目に誘《いざな》われるかのように、盛岡を書くならばこの時期しかないと思うようになったのだった。

徳川幕府でいえば、三代将軍家光の時代……。

幕藩体制が整い始めたこの時期、重臣の娘として生まれた一人の女性が、時代の波に翻弄《ほんろう》されながらも、次々と襲いかかる苦境に挫《くじ》けることなく、果敢《かかん》に宿命《さだめ》と対峙《たいじ》しようと立ち向かう姿、謂《い》わば、盛岡版「風と共に去りぬ」の世界が描けたら……。

そんな想いで、「綺良《きら》のさくら」を送り出したのだが、ここで注釈しておかなければならないのは、盛岡藩初代を南部《なんぶ》信直《のぶなお》にするか、利直《としなお》にするかということで、これにはかなり迷った。

と言うのも、資料によって、初代を信直とするものと、利直とするものに分かれていて、ここは判断の分かれるところなのだが、わたしは敢《あ》えてこの作品では利直を初代、重直を二代目、重信《しげのぶ》を三代目とすることにしたのである。

この作品を生み出すことが出来たのは、さわや書店の田口店長ほか皆々さまのお陰で、何より盛岡の温かい土壌に改めて心より感謝する次第である。

今井絵美子

二〇一五年六月

〈南部家系譜〉

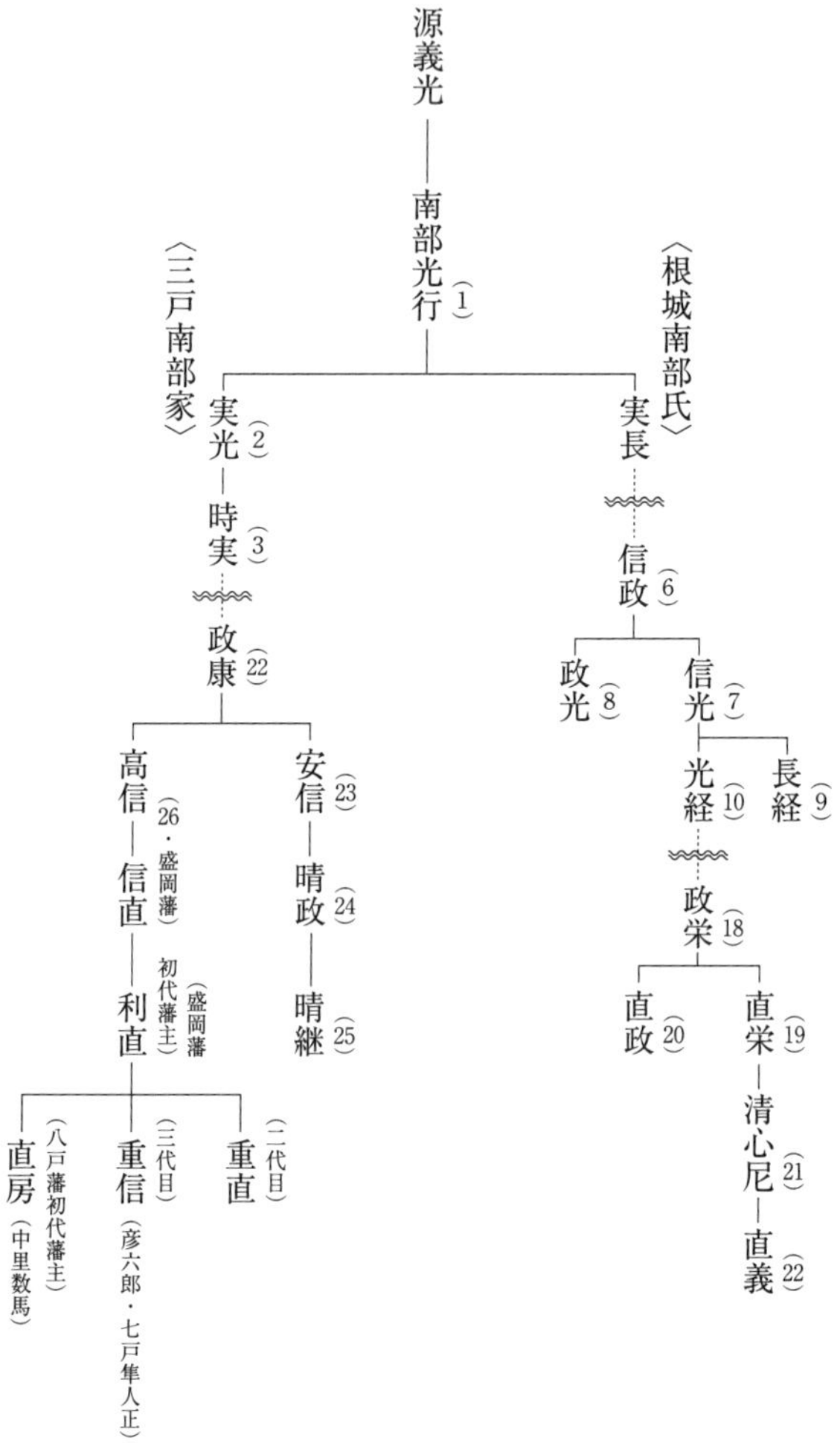
源義光
南部光行(1)
〈三戸南部家〉
実光(2)
時実(3)
政康(22)
安信(23)
晴政(24)
晴継(25)
高信
信直(26・盛岡藩初代藩主)
利直(盛岡藩)
重直(二代目)
重信(三代目)(彦六郎・七戸隼人正)
直房(八戸藩初代藩主)(中里数馬)
〈根城南部氏〉
実長
信政(6)
政光(8)
信光(7)
長経(9)
光経(10)
政栄(18)
直政(20)
直栄(19)
清心尼(21)
直義(22)

〈参考文献〉
図説「盛岡四百年」上巻　江戸時代編　吉田義昭・及川和哉編著（郷土文化研究会）
シリーズ藩物語「盛岡藩」　佐藤竜一著（現代書館）
「盛岡・南部鉄器の今」　村上洋一著（繊研新聞社）

※本書は書き下ろし小説です。

著者略歴

今井絵美子（いまい・えみこ）
1945年、広島県生まれ。成城大学文学部卒業。98年「もぐら」で第16回大坂女性文芸賞佳作。2000年「母の背中」で第34回北日本文学賞選奨。03年「小日向源吾の終わらない夏」で第10回九州さが大衆文学大賞・笹沢佐保賞受賞。他の著書に『鷺の墓』『夢の夢こそ』『群青のとき』『美作の風』など。2015年、第4回歴史時代作家クラブ賞シリーズ賞を「立場茶屋おりき」シリーズで受賞。

Kadokawa Haruki Corporation

今井絵美子

綺《き》良《ら》のさくら

*

2015年 8 月18日第一刷発行

発行者 角川春樹
発行所 株式会社 角川春樹事務所
〒102-0074 東京都千代田区九段南2-1-30 イタリア文化会館ビル
電話03-3263-5881（営業） 03-3263-5247（編集）
印刷・製本 中央精版印刷株式会社

ISBN978-4-7584-1267-4 C0093
http://www.kadokawaharuki.co.jp/